春野，阳光，众鸟归来

[美] 约翰·巴勒斯 著
林妮 译

图书在版编目（CIP）数据

春野，阳光，众鸟归来 /（美）约翰 · 巴勒斯著；林妮译，—北京：北京联合出版公司，2018.1（2021.7重印）

（随时的修养 . 2. 自然与诗）

ISBN 978-7-5596-1221-2

Ⅰ . ①春… Ⅱ . ①约… ②林… Ⅲ . ①散文集—美国—现代 Ⅳ . ① I712.65

中国版本图书馆 CIP 数据核字（2017）第 264998 号

春野，阳光，众鸟归来

作　　者：（美）约翰 · 巴勒斯

译　　者：林　妮

责任编辑：熊　娟

特约编辑：孟　哲　丛龙艳

北京联合出版公司出版

（北京市西城区德外大街 83 号楼 9 层 100088）

三河市恒升印装有限公司印刷　新华书店经销

字数 130 千字 787mm×1092mm 1/32 印张 8.25

2018 年 1 月第 1 版 2021 年 7 月第 3 次印刷

ISBN 978-7-5596-1221-2

定价：30.00 元

序

这是一本主题为鸟类的书，或者更恰当地说这是一份走入鸟类学研究领域的邀请函，作者的目的是想唤醒并激发读者对自然史这一分支的兴趣。

我写这本书是因为对鸟类的爱和熟知，写作过程比较轻松自如，尽管在精确的科学精神上有所欠缺，但我在任何情况下都未罔顾事实，并没有放任想象去为事实添油加醋而误导读者。比起学术研究，我在树林中收获的更多。事实上，我所提供的是一份严谨、细致入微的对事实的观察记录，所以这本书记录的都是真实的。不过，在鸟类学上我最感兴趣的是追求、追逐与探索，这类活动的特点与狩猎、捕鱼以及其他野外活动类似，都是我带着眼睛、耳朵一起出发。

曾经有一位诗人问我："如果没有猎枪，你能说出所有鸟的名字吗？"

我还真没那个自信说我能。

但我能做到的是，告诉人们我所看到的浩渺天空和大地、我所听到的黎明时分麻雀在赤杨树枝上高歌。换句话说，我只是呈现一只活生生的鸟——在树林中，或在田野里——与它所处的环境和氛围相融，而不是呈现一个被填充和归类的标本。

我一直在想怎么给这本书定名最为恰当。但是这个愿望很难实现，思来想去，脑子里终于出现了一个词——“延龄草”，这是一种白色的植物。它在林中开放，标志着众鸟归来[1]。

1 “延龄草”是一种白色的小花，春天开放，作者用它来暗示春天万物复苏，众鸟归来。所以，本书根据这个意思译为《春野，阳光，众鸟归来》。——编者注（本书注释部分若无特别标注，均为编者注。）

修订版序

这本书新版之际，我要对读者们说些什么呢？或许，什么都不用说。我们彼此已经十分了解。

想必你已经了解并接受了我，为此，我心存感激。与其赘言，不如闲聊。

这本书出版至今，近二十五年了[1]。写完它，我又度过了许多岁月，其他集子接连出版。但要问我具体出版了多少，我还真需要停下来数一数。一位母亲，不用数就知道她有几个孩子。一些落后的土著人，扳着指头只能数到五，但知道自己有多少家禽与牲畜。因为他们的心总是牵挂着，所以记得住每个孩子、每头牲畜的特征。

一个作者，和母亲、土著人不同，当他把稿件交出去的时候，在某种程度上，他就已经和它告别了。

谈论自己的书，就像父亲谈论离家闯荡的儿子，不是一件简单的事情。但和父子关系相比，作者与书的关系要简单

1　首版于1871年，该修订序作于1896年。

得多，个人色彩更浓。书是不会改变的。不论它流落在外，有什么样的命运，都会始终保持最初的样子。它是作者的心路历程，无论好不好，都是作者的。因此，我回避谈论我这个孩子的优缺点，我也不会被所有的评论干扰，我相信读者会谅解的。

我的书，我不视为“著作”，因为我并不把写作当成一种劳作。整个写作的过程，对我来说，是很享受的。我的素材都是在垂钓、露营或泛舟的时候得来的。我在山中游玩或者睡觉时，季节变化，植物成熟……而写书的时候，我又对这种原野生活进行了一次更好的回味。它被写出来，又一次打动我，成为我的一部分。

我有一位年轻时在俄亥俄州北部生活的作家朋友，他说：“只有在流落异乡时，才有写书的念头。写作，是为了让往日重现。”

写作能一解乡愁。我本人也这样认为。

这本书写于我在华盛顿政府工作期间，我那时是个小小的金库保管员。坐在一堵铁墙之前写作，在那段无聊的日子里，给了我很多安慰，仿佛那堵铁墙的另一边就是生机盎然的树林和鸟儿们！

1873年离开华盛顿之后，我的生活中不再有铁墙。我有了一扇能俯瞰哈德逊河的窗户，还种植了葡萄园。我的心，对葡萄园，比对金库更有兴趣。葡萄园的蔓藤、累累的果实，比金库里的钞票更让我感到满足。

但我很怀念那堵铁墙，尤其是在漫长寒冷的冬天。我的心沉湎于我所喜爱的一切回忆之中。冬天，总是让人更懂得向内看，面对自我。

我的书能否带领你在林中进行一次散步呢？

……

目录

第一章
众鸟归来

第二章
铁杉树林

第三章
阿迪朗达克山脉

第四章
鸟　巢

第五章
春天到华盛顿看鸟

第六章
桦树林漫步

第七章
蓝　鸲

第八章
大自然的邀请

第一章

众鸟归来

我们北方的春天是从三月中旬到六月中旬。无论如何，春潮迟迟不肯离去，直至夏至来临。这时，细枝和嫩芽开始生长至大树，嫩芽也失去了昔日的鲜嫩。

这正是众鸟归来的时期。一两种或更多的耐寒或半驯化品种的鸟，如歌雀和蓝知更鸟，通常在三月抵达，而比较珍稀的、美丽的鸟要到六月才成群出现。就像每个季节都会格外照顾鲜花一样，不同的鸟类也会得到时间的礼遇。蒲公英会告诉我燕子何时归来；紫罗兰会告诉我棕林鸫何时出现；延龄草盛开的时候，我就知道春天开始了。于我而言，这种花盛开不仅仅意味着知更鸟回来了，因为这时知更鸟已经回来几个星期了，还预告着大自然苏醒了，万物开始复苏。

鸟儿的离去和归来，或多或少带着些神秘和惊喜。清晨我们出门，听不到画眉鸟或绿鹃的声音；当我们再次出门时，每棵树、每片丛林都回荡着鸟鸣。但等到我们再次出门时，一切却又沉寂了。谁看到它们回来了？又有谁看到它们离去了呢？

三月：蓝鸲与知更鸟

例如，一只轻盈的小冬鹪鹩在篱笆上面蹦蹦跳跳，时而在这边的旧物下方潜行，时而出现在几米外。它是怎么利用那短而圆的翅膀来判断方位、规划路线，又能总是准时抵达的呢？去年八月，我曾在阿迪朗达克山脉偏远的荒野中和它相遇，它像往常一样不耐烦、好奇；几周后我又在波托马克河与身子结实、叽叽喳喳的它相逢。每个阶段它都在一片又一片灌木丛、一片又一片树林中旅行吗？它那小巧的身子是凭着怎样的勇气，抖动翅膀，飞越千山万水，穿过茫茫黑夜，如期地到达这儿的呢？

蓝鸲拥有着如土地般褐色的腹部和天空般蓝色的身躯，在明媚的三月清晨飞回来了，它温柔且哀怨地告诉我们：春天来了。实际上，在众鸟归来的季节，没有比第一次现身、那件小蓝衣的出现更令人惊奇、更让人浮想联翩的了。小蓝鸲是最有代表性的。这时，空中似乎飘荡着这种鸟的鸣叫声；你会在明媚的三月清晨听到它的呼唤声或歌唱，但是不知道声音的来源和方位，它就像没有云的时候天空飘落的雨滴，倏然而至。你只是漫无目的地看着、听着。随着天气的变化，一股寒流裹挟着雪花飘然而至，也许一周之后我才能再次听到它的信号，偶然看到它坐在篱笆桩上，兴高采烈地张着翅膀呼唤它的伴侣。现在它的叫声日益频繁。鸟儿越来越多，轻快地飞来飞去，它们越来越自信、越来越高兴地呼唤着，鸣叫着。它们越来越大胆，你会看到它们俏皮且带着问询在空中盘旋，察看牲口棚和建筑物，偷窥鸽子窝，检查木板和树上的孔洞，只是为了找到一个安身之处。蓝鸲与知更鸟和鹪鹩交战，与燕子争吵，看起来它们已经为是否要霸占后者的巢穴深思熟虑了数日。但是，随着季节的推进，它们逐渐移居到隐蔽的地方。蓝鸲似乎放弃了最初想要强占其他鸟的巢穴的策略，而是飞往更加偏远的地方，悄悄地在它们的老巢安居下来。

蓝鸲出现不久，知更鸟也飞回来了。有时候，知更鸟在三月飞回来，但在北方的大部分地区，四月才是它们的归期。它们成群地出现在田野里、树林中。你会在草地上、牧场里、山坡上听到它们的鸣叫声。当你漫步在树林之中时，会听到干干的树叶因为它们振动翅膀而发出的沙沙声，空气中飘荡着它们欢快的呼唤声。因为过于活泼和开心，它们跑、跳、尖叫，在空中互相追逐，在树林中快速穿梭。

纽约州许多地方——就像在新英格兰一样——仍然保留着制糖的习惯，知更鸟是人们忠实的伙伴。那可是种自由、迷人、半工作又半好玩的事情。当天气晴朗，草地光秃时，随时随地都可见到知更鸟并听到它们的歌声。日落时，在枫树顶上，知更鸟面朝天空纵情吟唱。此时，天气还残留冬季的寒意，知更鸟就这样站在潮湿而寒冷的大地之上光秃秃、沉默的树枝上歌唱。全年中没有比知更鸟更合适、更甜美的歌手了，这歌声应时应景。那歌喉圆润而纯正，我们忍不住认真倾听！第一声啼鸣打破了冬季的沉闷，让冬日成为记忆。

在鸟类世界中，知更鸟是土生土长，很常见的一种鸟类，但比起那些来自异域他国的珍贵鸟类，如果园椋鸟和玫胸白翅斑雀，知更鸟与我们更为亲近。它耐寒，爱喧哗、喜嬉戏，友善，与人亲近。它还拥有强健的身体、勇敢的精神，它是鸫鸟家族的拓荒者，无愧于优秀艺术家的名号，它的到来让我们为大群鸫鸟的到来做好了准备。

我真希望知更鸟在筑巢方面别那么平凡、守旧。它筑巢所用的粗糙材料实在是和它的技能与艺术家的美称不相称。对比观察了蜂鸟的小巢，我就对知更鸟在筑巢方面的不足尤为在意。蜂鸟的巢是它那类鸟最适宜居住的地方，整个巢的主体部分是用一个白色的黏状物做成的，也许是用某种植物的茸毛或某种蠕虫的绒毛做成的，由细弱如蛛丝的物质编织而成，与它所处的树枝上的地衣相协调。看到知更鸟漂亮的外表与动听的歌声，我们会理所当然地以为它有个与之匹配的雅致居所。至少我希望它有一个像王鸟巢那样干净又漂亮的居所，与知更鸟的夜曲相比，王鸟那刺耳的尖叫声简直不堪入耳。比起果园椋鸟或橙腹拟黄鹂，我更爱知更鸟的歌声，然而知更鸟的巢与前者的比起来，就像半地下小屋之于罗马别墅，差距太大。树上鸟儿的巢穴在微风的吹拂下仿佛蕴含着某种诗意。为什么知更鸟拥有翅膀却害怕从巢中跌落呢？为什么它把巢建在顽童们能够爬到的地方？归根结底，我们得把这一点归因于知更鸟的亲民：它不是贵族，而是平民，我们更应该关注它巢穴的稳定性而非美观性。

四月：菲比霸鹟和金翼啄木鸟

菲比霸鹟是四月飞回的鸟，是飞行捕食类鸟即翔食雀的先行者。它有时会早于知更鸟出现，有时也会稍晚。我珍藏着对它的记忆。在我的童年时期，一个阳光明媚的复活节清晨，它在草棚上蹦来跳去，宣告着它的归来。你也许听过蓝鸲因思乡而哀怨的低鸣；也许也听过歌雀的低声鸣叫。和它们相比，菲比霸鹟的歌声充满自信和欢快。在不歌唱的那段间隙，它在空中一个圆形或椭圆形地画着，像在觅食，我猜，炫耀性的动作是为了弥补它歌声中的遗憾。在音乐才能上，菲比霸鹟是无敌的，真正的艺术家从来不需要华丽服装来装饰，因为自己的歌声就是最有力的证明。菲比霸鹟应该就是这样的艺术家。因为它没有五颜六色的羽毛，只有一身灰白色的外衣。它的身材也很普通，但是它按时归来、平易近人的姿态总是让人格外喜欢。刚过几周，菲比霸鹟就成群地离开这里，只有偶然的机会才能在桥下或者悬崖边上看到它们的身影。

在四月回归的另一种鸟是金翼啄木鸟。这种鸟，人们也叫它“高洞鸟”“弯嘴小啄木鸟”。它比红腹知更鸟归来得稍微晚些，也是我儿时的好伙伴，所以它的到来对我意义非凡。当树枝上响起悠长而明亮的叫声时，我便知道我的伙伴回来了。这也让我想起所罗门是这样描述美丽的夏天结束的——“斑鸠的鸣叫响彻大地”，同样的比喻若要来形容农场的夏天，那就是“金翼啄木鸟的鸣叫响彻树林”。

这是强有力的鸣叫，并不是渴望回应，而是出于对音乐的热爱。这是金翼啄木鸟在向全世界传递和平友好的问候。通过进一步的观察，我发现许多鸟，并非鸣禽，在春天会发出某些声音以此暗示一种歌声，并不是十分完美地阐释了美与艺术。正如“在光亮的鸽子身旁，鸢尾花会尤为盛放”一样，那只小东西的鸣叫感染了它漂亮的表兄，从而触动了“沉寂的歌者”，它们不再沉默，开始低声吟唱美妙的音节。在明媚的春光下，灰冠山雀奏响悦耳的哨子，五十雀响起美妙的笛声，蓝鸲奏响深情的颤音，草地鹨演奏着响亮的乐曲，还有鹌鹑响起的口哨声、山鹑响起的鼓点声，燕子也在一边叽叽喳喳，就连老母鸡也唱着亲切、心满意足的乐曲。在这个春天，所有的鸟都变成了优秀的歌手。公鸡的啼叫成为证明这个观点的一个有力证据。尽管枫树没有像木兰花一样盛放，但它终究开放了。

很少有作家会称赞很平常的小麻雀的叫声，然而当发现它栖息在路边，真诚地、不停地重复吟唱时，谁又可能会忽视它呢？有谁听过雪鹀的歌声吗？它的鸣叫十分悦耳。我在二月的时候曾听过它纵情歌唱。

褐头牛鹂也连忙飞上枝头，带着它的夫人们放声高歌。这可是一个花心的鸟儿，它身体力行着一夫多妻制，无论栖息在哪里，身边总有几只漂亮的雌鸟相伴。清晨，褐头牛鹂演奏出美妙的音乐，如同溪水潺潺流动，又像从玻璃瓶中倒出清水，使人完全沉醉其中。

就连普通的啄木鸟也歌唱起来，它用自己的方式展示着它的音乐修养。三月的清风拂过整个森林，但空气中仍然弥漫着冬日的寒意和紧张。忽然从干枯的枝干上传来了悠长的打击乐。这是绒啄木鸟在演奏起床号。在这个寂静而凝滞的清晨，我们愉快地聆听着。它的乐声总是在这个时节传入我耳中，这一切的美妙简直无法用言语来诉说，我坚信这是一场真正的音乐演出。

因此，不出意料，金翼啄木鸟会响应号召，为春天的大合唱贡献自己的一份力量。金翼啄木鸟四月的鸣叫是它最佳的表现，这个月的鸣叫悦耳动人。

我家旁边的糖枫林中，有一棵高大的老枫树。在这棵老枫树的树干上，生活着一窝金翼啄木鸟。在开始筑巢前的一两周，在晴朗的早晨，总会看见三四只啄木鸟在树上蹦来蹦去。有时你会听到温柔动听的絮语，有时会听到它们在窃窃私语。当它们坐在裸露的枝干上时，你会听到它们接连发出悠长而响亮的鸣叫声。不一会儿，你又会听到一阵欢快肆意的嬉笑声，夹杂着各种各样的呼喊与尖叫声，好像什么事情招致了它们的欢笑和嘲弄。不知这是它们的狂欢还是庆祝交配的仪式，或许是在庆祝每年重回老巢的“回迁之喜”，我将这个疑问留给大家去思考。

和其他同类不同，金翼啄木鸟偏爱热闹的原野和林地边缘，而不是林中幽静之处。因此，与它的族类习性相反，它大部分时间在地上活动，捕食蚂蚁和蟋蟀。它似乎并不太满足于只作一只啄木鸟。它总是想和知更鸟和雀类做朋友，放弃了树林，而是急切地想去草地上吃浆果与谷物。这种生活习惯可能是个值得达尔文重视的问题。它在地上行走的习惯是否会导致双腿变长？它以浆果和谷物为食是否会影响它的声调？它与知更鸟在一起繁育是否会让后代更加会唱歌？

还有什么能比近两三百年鸟类历史更有意思呢？人类的出现对鸟类产生了非常明显且积极的影响，这是不争的事实。据说，加利福尼亚的鸟儿在定居那里之前是不会鸣叫的。这不禁让我想到，印第安人所听到的棕林鸫叫声是否和我们听到的一样，在北部没有草地、南方没有稻田之前，刺歌雀是在哪里嬉戏玩耍的，它是否像现在一样开心快乐、样子可爱呢？还有像麻雀、百灵、金翅雀一样喜欢在原野而厌恶林间生活的鸟类，实在不敢想象它们能在没有人类的旷野中生存下来。

五月：燕子和黄鹂

时光从来不肯停下脚步，歌雀在四月前就早早到来，它质朴的歌声也让人心生欢喜。

五月是属于燕子与黄鹂的，但也有其他许多贵宾到来。事实上，至五月最后一周，所有的鸟儿基本都到齐了。只是燕子和黄鹂最为显眼。黄鹂全身穿着艳丽的西装，像是来自热带。在鲜花盛开的丛林中，它们时而自由自在地飞翔，时而停在花丛中喃喃细语，唱着动人的情歌，整个上午的时间就在这无休止的鸣叫声中度过。燕子俯冲而来，有时在谷仓上叽叽喳喳，有时在屋檐下辛勤地筑造爱巢，叽叽喳喳地讨论着新家的筑造方式；山鹑在树林里啄食着新鲜的嫩芽；草地鹨那悠长纤弱的叫声来自草地；日落时分，每一片沼泽和池塘里都传来雨蛙响亮的叫声。五月是个过渡月，它连接着四月和六月，也是鲜花盛开的时节。

六月：杜鹃和雀儿

六月，我们一饱眼福、心满意足，没有什么可期待的了。

这是个完美的季节，鸟儿们都换上了最华美的服装，唱起最动人的歌。所有的艺术大师都会集在这里，知更鸟和歌雀不负期待。所有的鸫鸟都来了。我进入森林，坐在路边的石头上，手里捧着刚摘的粉色杜鹃花，仔细聆听。杜鹃是在六月才回到森林里的，极乐鸟和金翅雀也在这个时候陪伴杜鹃归来。刺歌雀在草坪上唱起了动人的歌曲，原野春雀在空中欢快地鸣叫，整个森林上演着鸫类鸟的音乐会。

杜鹃是森林中最孤独的鸟之一，出奇地安静和温顺，同样不受快乐、哀愁、惊惧或愤怒的影响。它静静地站在枝头，四周欢快的场景似乎和它没有任何关系，它的鸣叫声就像独自在林中徘徊、游荡，对农夫而言这是雨前的征兆。在一片欢快、甜蜜的歌声中，我尤其喜欢听这种奇怪、有穿透力的鸣叫。即使离着数百米远，听到从丛林深处传来鸣叫声，也十分神往。华兹华斯曾经写过的赞美欧洲一些鸟类的诗句正适用我们的物种：

朋友，我已经听到你快乐的歌声
杜鹃呀，我该将你唤作鸟儿
还是飘扬的音符

我静静地躺在绿草地上
聆听你那响亮的叫声
听它们在山间飘过
一会儿在那儿，一会儿在这儿

欢迎你呀
在我的心中
你不是鸟，是美丽的精灵
是歌声，更是传奇

这里的杜鹃只有黑嘴杜鹃。黄嘴杜鹃大多数都在南边生活。它们的叫声相近。前者有时发出像火鸡的叫声。后者的鸣叫类似“咕，咕咕，咕咕咕”。

黄嘴杜鹃通常在一棵树上搜遍所有树枝，直至把所有的虫子都吃光。它蹲在枝头，左顾右盼，仔细观察，一旦发现食物，便展翅扑去。

六月，虫子四处活动，残害各种花果。杜鹃这时会造访果园和花园。杜鹃的性格很温顺，允许你在它几米远的地方活动。有好多次我走到距离它只有几米的地方，它似乎都没有受到惊吓，它非常单纯，或者非常冷漠。

杜鹃有着淡褐色的羽毛，和其他淡褐色羽毛的鸟类相比，杜鹃的羽毛格外漂亮、有光泽。并且杜鹃的羽翼还以坚硬和精致为世人所知。

黑嘴杜鹃的一些特征和旅鸽非常相似，它们有着相似的头形、带着红眼圈的眼睛，甚至起飞、降落的姿态都很相似。只是在飞翔时，旅鸽的速度和姿态比黑嘴杜鹃要卓越得多。在森林中飞翔的时候，知更鸟和鸽子总是发出“哗啦哗啦”的声响，而黑嘴杜鹃飞行时却没有任何声响，安静极了。

你听过原野春雀的歌声吗？如果你生活在拥有广阔牧场的乡村，你就不会错过这种鸟的歌声。我相信，威尔逊先生[1]一定不曾听过它的歌唱，否则怎么会给这个小精灵取“草雀”这样的名字。当你从原野中经过时，它总会出现在你身边。没错，就是那尾巴上有两条横向白色羽毛的小鸟。如果你想找到它，不能去草地或果园，而应该去高高的微风习习的牧场。它的歌声在日落之后最引人注目，那时其他的鸟儿都已沉默下来，所以，人们给它取名“黄昏雀”。黄昏时分，放牧归来的农夫总能听到那悦耳的歌声。歌雀的叫声十分清脆悦耳，黄昏雀的鸣叫则柔和、原始、甜蜜、悲凉了许多，也许它的歌声融入了对过往最美好的日子的回忆，就像鸟儿的晚祷——这位朴实无华的牧场诗人。向那些广阔、光滑、高高的原野走去，让牛羊在那儿吃草，你找一块温暖、干净的石头坐下，静静地聆听它们的歌唱。歌声从牧群吃草的矮草丛中响起，由远及近。起初，你只能听到两三个悠长、清亮、平和的音节，渐渐地，歌声以柔和的颤音结尾。通常你只能听到一两个响亮的音节，因为微风把一小部分微弱的声音吹走了。这是多么朴实、平和而又无意识的旋律啊！这是大自然中最具特色的声音。所有的草、石头、残枝、安静的

1　威尔逊（1766—1813），苏格兰裔美国自然主义者，热爱描写和画鸟，著有《美国鸟类学》（内有彩页）。

牛羊群以及在温暖晚霞照耀下的山丘，都与歌声融为一体，这也是鸟儿们的功劳。

黄昏雀的雌鸟将自己的家造在空旷的田野上，不用灌木或草丛来隐藏或做标记，你可能会不经意间踩坏它的房子，牛羊有时也会踩坏。不过，我认为，比起这种危险，黄昏雀更在意应对狐狸和臭鼬的袭击。这两种狡猾的动物，经常袭击鸟儿隐藏在河边、草丛、篱笆下的巢穴。山鹑也向黄昏雀学习，将自己的家由茂密的森林搬到了露天、未受保护的环境，从不进行遮掩，这样更便于观察周围的情况。万一敌人来袭，它们可以轻松地迅速分散到空中，成功躲避。

还有一种鸟我十分喜欢，就是罕见的原野春雀，鸟类专家给它命名为田雀鹀。这种鸟和麻雀的大小非常相似，麻雀身上有明显的斑纹，而田雀鹀却有着暗红色的羽毛。这种鸟生活在极为偏僻的野外，找到它们可要花点儿时间。

在这僻静的野外，听它的鸣叫简直是一种享受。四月的一天，我静静地坐在野外，一只原野春雀停在了我的身边。它放声高歌，歌声忽高忽低，发出类似于“飞哦，飞哦，飞哦，飞欧，飞欧，飞欧，飞咿，飞咿，飞咿”的声音，整整唱了近一个小时。四周是寂静的荒野，歌声是那么悠扬、迷人、动听，我完全沉醉其中。

同样作为不被熟悉的鸟类，白眼绿鹃也称白眼翔食雀就不得不被提到。它们的歌声并不是甜美和柔和的，反倒有些尖锐刺耳，有点儿像靛彩鹀和黄鹂。但是就声音洪亮、表演及模仿能力来说，它超过了我们北方所有的鸟类。它的歌声是富有力量的，但确实不是十分动听，类似于“嘁咔——嘁咔”一样，好像在诉说着什么，但它又隐藏在浓密的灌木丛中，避开你充满警觉的寻找，仿佛在与你做游戏。

七月：嘲鸫和冬鹪鹩

七八月的时候，假如你生活在森林中，你就有机会听到一场特殊的演唱会。你首先注意到的是盛开的杜鹃花或沼泽越橘，那儿隐藏着三四位歌手，它们每一个都想担任乐队的主唱，这种合唱会让你以为原野和森林的半数演唱家都在高声快节奏地演唱。其实，你的耳朵被欺骗了，杜鹃花下只有一种鸟在歌唱，那就是纯正的嘲鸫。

这种鸟最善于模仿其他鸟的鸣叫，对知更鸟、鹪鹩、金翼啄木鸟、金翅鸟和歌雀的叫声，它都能模仿得惟妙惟肖。尤其是歌雀那种“皮普皮普”的鸣叫声，它模仿得像极了，我确信远处的歌雀会受骗，以为这里有自己的伙伴。整场快节奏的演出似乎天衣无缝，各种鸟的鸣叫声接连响起，富于变化，在我听来，这是一场别开生面的演唱会。与此同时，表演者非常小心地避免暴露自己的影踪。然而我又明显地感觉到自己的存在被关注、被理解。那歌声中满是兴奋和自豪，偶尔夹杂着戏谑与诙谐的东西，使我深深沉醉其中。我相信，嘲鸫只有在遇到知音的时候才会如此高兴地鸣叫。这是它展示自己的一种方式。如果你想欣赏这场演唱会，请避开森林深处的那些高大树木，到那些低矮的灌木丛或湿地去寻找吧，那里有许多会叮人的飞虫！

冬鹪鹩是另一种了不起的歌手，提起它难免使用最高级。它并不像白眼翔食雀那样意识到自己的力量，对自己的鸣叫效果信心十足。听到它的歌声时，你不会感到那么惊讶或兴奋。冬鹪鹩总是那样温文尔雅。它的歌声流畅、厚重，有着很强的韵律，你听了会非常着迷。我记得，六月的一个晴天，我在一片低矮的树林中散步，空气清凉。忽然，一支急促而奔放的曲子从空中传来，仿佛是森林神灵的咏叹调，真是美妙极了。我四处张望，却怎么也发现不了冬鹪鹩的身影。它的声音之中带着些许胆怯，它把自己隐藏得太深了，以至于我找了两次才发现它。在夏季，它喜欢藏身在偏远茂密的森林，加拿大威森莺和隐士夜鸫也有类似的习性，只有熟悉它的朋友才能在森林深处聆听到它的歌声。

鸟类的分布特点

某一地区鸟的分布，和植物一样，都有自己的标识。给植物学家指定一个区域，他知道去哪里找凤仙花、耧斗菜和蓝铃花。同理，鸟类学家也会指引你在哪儿能找到小绿莺、原野春雀和红眼雀。即使是毗邻的乡村，在同样的纬度和内陆，由于地貌不同、植被不同，鸟类的分布也会不同。在生长着山毛榉和糖枫树的地方，我找不到在生长茂盛的栗树、橡树、月桂树上生活的鸟儿。从老红沙石地区走到老火岩石地区，路程不到五十公里，我很思念林子里的韦氏鸫、隐士夜鸫、栗胁林莺、蓝背莺、绿背森莺、黑纹背林莺，以及其他很多种类的鸟，在这里只能看到棕林鸫、红眼雀、红尾鸲、黄喉林莺、黄胸翔食雀、白眼翔食雀、鹌鹑和斑鸠。

我所在的高地一带，鸟类的分布非常明显。在我所住的村子南边，我常常能看到一种鸟，而在北边，也能看到另一种。在杜鹃花茂盛、遍地沼泽越橘的地方，我总是能找到黑枕威森莺。在茂密的香灌木、金缕梅和桤木丛中，我能找到食虫莺。在一片覆盖着石楠和蕨类植物、只有一两棵栗树和橡树的偏僻空地上，我在七月能听到原野春雀唱歌。在回程中，我一定能在浅水塘里找到水鸫。

在我居住的地方，似乎只有一个地方能吸引所有人的注意，在这里几乎可以研究所有美国鸟类。这是一片岩石较多的地区，很久以前就被垦殖过，但现在又迅速恢复野生、自然、自由的环境，这正是鸟儿和男孩们喜爱的半野生、半垦殖地区。这片地区一边是村庄，一边是公路，有错综复杂的交叉路口，许多小道通向四面八方。士兵、工人、逃学的孩子在这些路上来来往往。这些路避开了斧头和镰刀的砍伐，与远方的森林和山脉连成一片，两旁遍布着雪松、月桂和黑莓。这片土地的主要植被是雪松和栗树，许多地方都是灌木丛，覆盖着石楠和荆棘。然而，这片土地最大的特色在于中心地带茂密生长的植物，有山茱萸、水山毛榉、桤木、沼泽栲木、香灌木、榛子树等，并长满了牛尾草与霜葡萄。一条小溪从远处的沼泽地蜿蜒而来，穿过这些盘根错节的林区，即使不能说明这片地区的全部情况，也能养育这里的众多植被。不被石楠、雪松和栗树吸引的鸟儿，一定有理由造访中心地带的众多植被。许多常见的鸟都聚集在这片闲置的野地上，我在这里见过许多珍稀的物种，如大冠翔食雀、孤莺、蓝翅泽莺、食虫莺、狐色带鹀等。这里不见猛禽的踪影，苍蝇和其他昆虫大量繁殖，就像虫子大量聚集的村落，热爱和平的歌唱家们抛却对猛禽的敬畏，在这里轻盈地飞来飞去，因此这里成为鸟儿生活的天堂。

棕林鸫与隐士夜鸫

在知更鸟、翔食雀和各类莺中，最会唱歌的当属棕林鸫。除了知更鸟和灰猫嘲鸫外，棕林鸫的数量最多。在每一块岩石上、每一片灌木丛中，你都可以看到它们的身影。五月刚刚归来时，它们还小心翼翼地躲避着人群。等到六月末之前，它们就和人很熟悉了，经常在我们不远处的岩石上或枝头上歌唱。一对棕林鸫甚至在不远处一座巨大的凉亭的走廊上建造了巢穴，养育后代。但当客人们到访凉亭，人群在走廊上来回走动时，我注意到这时母鸟就会异常警觉，但它会按照自己的方式静悄悄窝在那里，尽可能地不引人注意。

森林中的鸟儿都擅长歌唱，如我们以曲调的婉转和音调高低作为标准，棕林鸫、隐士夜鸫、韦氏鸫必然榜上有名。

毫无疑问，嘲鸫拥有广阔的音域、富于变化的演唱技巧，并且每一次都能够脱颖而出。但是嘲鸫只擅长模仿其他鸟的歌唱，无法达到隐士夜鸫的安宁、崇高的境界。如果只能用一个字来形容我对嘲鸫歌声感受的话，那就是敬佩。尽管我对它的第一印象是惊喜，那么多音节都从它一个喉咙里发出，实在让人惊讶。我们也很欣赏这场表演，就像观看运动员或体操运动员的精彩表演一样，尽管很多音节都是模仿其他鸟的，但仍然觉得动听。它的歌声可以将听众的情感带到更高的层次，将这个世界最深处的美丽和和谐带给我们。

棕林鸫荣获歌王的美誉是毫无争议的，欣赏它的人众多。相比而言，它们的亲戚隐士夜鸫就默默无闻了许多，这一点儿都不奇怪。鸟类学家威尔逊和奥杜邦[1]极力称赞棕林鸫的歌喉，而对隐士夜鸫，他们几乎什么都没有说过。奥杜邦说，有时候隐士夜鸫的歌声是悦耳的，但是很明显，他从未听过它的歌声。幸亏纳托尔[2]先生给了隐士夜鸫应有的评价。

隐士夜鸫是一种十分稀少的鸟类，特别害羞，并且喜欢独居，常常在中东部广袤的森林深处或者潮湿的沼泽中才能

1　奥杜邦（1785—1851），美国著名的画家、博物学家，先后出版了《美洲鸟类》和《美洲的四足动物》两本画谱。其中《美洲鸟类》曾被誉为19世纪最伟大和最具影响力的著作。

2　纳托尔（1786—1859），英国植物学家、动物学家，先后出版了《北美植物分属》《1819年在阿肯色州旅行纪实》《美国和加拿大的鸟类学手册》《北美洲森林》。

找到它们的踪迹，因此生活在阿迪郎达克地区的人们称它们为“沼泽天使”。可能隐士般的个性恰恰注定了它们不会得到过多的关注。

棕林鸫和隐士夜鸫的歌声非常相似，有时连机敏的观察者都会被迷惑。但是假如你同时听到这两种鸟的歌唱，你就能轻易辨别两者的不同：隐士夜鸫的歌声音调更高，更狂放、空灵。它的乐器是一只银色的号角，它在空旷的地方独自奏响。棕林鸫的歌声则悠扬、婉转，像音乐会上的管弦演奏。也许棕林鸫能拥有更广阔的音域和更强大的力量，但总体来说，还是隐士夜鸫的歌声更纯净、安详，如赞美诗。

只要听过棕林鸫歌声的人，都会毫不犹豫地把它封为歌王。它是真正的贵族音乐家，分布在大西洋各处，并且贡献了最多数量的歌曲。也许有人会觉得它在调音上面花费了过多的时间，然而正是它的毫不在意才成就了它独特的音乐特点。

它的音乐天赋仅在金丝雀之下，拥有着在各音节自由转换的天赋。不久前星期日散步时，我走到果园附近，听到了它那有鲜明特色的音色，虽然我的同伴反应比较迟缓，但也能分辨出它的声音。我们都静静地聆听这位歌者的表演。它歌声的亮点在于数量而不在于质量。它的歌声像瀑布一样，连绵不绝，充满节奏感，时而停顿，时而响起，令人陶醉。它是天生的大师级艺术家。之后，我又很有幸地听到同一只鸟歌唱两次。

棕林鸫是家族里最英俊的鸟儿。棕林鸫不仅在演唱上为人称赞，它的外形也很优雅帅气。在空中飞行时，它姿态沉静、高雅，令其他鸟望尘莫及。它的一言一行，都仿佛充满诗意，带给人们极大的审美享受。它最普通的行为，如捉虫子或从泥地里挖蚯蚓，都像机智善辩的人的妙语一样使人愉悦。我不禁疑问，它过去是否是一位王子，转世化为一只鸟的时候仍然保留了优雅的姿态和风采？多么完美的体态啊！多么艳丽的羽毛啊！它的体态非常健美，背上长满了亮丽的红褐色羽毛，胸前是一片雪白的羽毛，还有一些心形的斑点点缀其中，也彰显了它调皮又外向的性格。其他鸟都或多或少有着这样那样的不足，知更鸟总是四处啼叫，拍着翅膀在林中飞来飞去；褐弯嘴嘲鸫总是鬼鬼祟祟，像个囚犯一样躲藏在密林深处；灰猫嘲鸫举止一点儿都不文雅，四处问东问西，像长舌妇一样；红眼雀非常冷漠，像日本人一样死死地盯着你。这些缺点棕林鸫全都没有，倘若我非常安静且没有好奇心的话，它会像个贵族一样优雅地跳到我的身边，仿佛我们是多年的老朋友。有一次，我走近棕林鸫的巢穴，想近距离观察它的孩子，棕林鸫就站在不远处的树上，瞪大眼睛保护着它的孩子们，它生气的样子也是那么可爱。

它拥有着如贵族一般的骄傲。十月下旬，它的伙伴们都已经飞到了南方，我竟然接连几天都在旁边的灌木林中看到它的身影。它无声无息地在林中飞翔，展现出一种高贵的气质，就像冒犯了礼仪而在自我惩罚一样。经过我温柔的不打扰的观察，我发现，原来这只棕林鸫的尾翼还没有丰满，或许这只森林王子还不想以这样的姿态重回皇宫，它只能在秋风凄雨中慢慢等待，等待着回归南方的最佳时机。

韦氏鸫与灰猫嘲鸫

韦氏鸫甜美的笛声飘荡在森林的合唱之中，就像黄昏雀在田野里的大合唱中演出一样。像所有的鸫类一样，它有着在黄昏歌唱的习性。在六月任何一个温暖的黄昏，你都可以走进森林，在距离韦氏鸫二百米左右的地方停下脚步，听十几只韦氏鸫为你表演动听的小合唱。

我相信，这一定是你听过的最淳朴的歌曲，像抛物线那样单纯。它带给人们的就是自身简单和谐的美丽，而非那些猎奇、怪异的声音，与刺歌雀那类欢闹滑稽的鸣叫形成了鲜明的对比。在韦氏鸫的音乐中，我们体会到它的知足常乐及完美的口唇音，并为之陶醉。

我很难用言语来表达灰猫嘲鸫带给我的感觉，它的声音很普通，但一旦和其他鸟合唱，它就显得与众不同。如果其他鸟在歌唱，灰猫嘲鸫必定扯着嗓子，拉着长音，试图压过对方。如果你正在观察自己喜欢的鸟类或者研究一位新的到访者，它充满好奇，也会百般嘲弄，影响你的观察。当然，我也不会漏掉它，只是把它放在不那么显眼的位置上。

灰猫嘲鸫是森林里的滑稽表演家，总是模仿其他鸟的歌唱，但它的歌唱中总带有一丝讥讽的味道。它喜欢演唱，也努力地练习，但是它的声音不够真诚，仿佛只是为了追逐时尚或者追求名次罢了。其他鸟的演唱是源于内心的快乐，而它总仿佛有很强的目的性。按照诗人的标准来说，它只是位普通的诗人，绝对称不上伟大。它的表演活泼、有力，但是缺乏优雅，缺乏高度，就好比梭罗笔下的松鼠，总是需要一位观众的。

不过，它的歌声是值得细细琢磨的，就像一位值得尊敬的贵妇。它拥有顽强的母性，枯枝和干草筑成的简单巢就是它所向往的。前不久，我前往森林，一片茂密的沼泽地中忽然传出了灰猫嘲鸫悲哀的鸣叫声，意味着它正面临生命危险。为了不划坏衣服，我脱了衣帽走了进去。有一个鸟窝离我三四米远，鸟窝的下面盘踞着一条巨大的黑蛇，它正在享用一只雏鸟。幸好它并没有发现我的存在，我继续静静地观察着。它把头放平，不停扭动着脖子，两三下就把鸟儿吃完了。然后，它谨慎地抬起身子，吐着芯子，渐渐向鸟巢开进。可以想象到，对于小鸟来说，面对这样的天敌，它们毫无招架之力，没有比看见蛇还恐怖的事了。

大蛇搜寻完鸟巢，就沿着树枝向上滑行，想偷袭小鸟的父母。大蛇爬得真快，这种没脚的动物竟然能有这样的速度，像鸟和松鼠一样在树上自由行动。它在树枝中穿梭，速度之快令人惊讶。这不禁让人想起一个神话，不禁想到它是否又在人类面前进行着它的恶作剧。我们把它叫作蛇或者魔鬼都无伤大雅。但我仍然惊叹于它的美丽，它闪着黑色亮光的褶皱，轻松的滑行以及高昂的头、发光的眼、如同火焰般的芯子都让人着迷。小鸟的父母已经发现了这一幕惨剧，它们悲哀地鸣叫，用自己的嘴和爪子愤怒地抓扯大蛇的尾巴。大蛇忽然转过身子，顺势张开大口伸向小鸟的父母。起初这种攻势还是看似有效的，其实不然。在蛇张开大嘴还没接近猎物时，鸟儿已经飞走了，哭泣着飞落到更高的枝头上去了。以紧盯猎物而闻名的技艺在此毫无作用。或许不那么好战的鸟儿会被魔力征服。

大蛇从树枝上滑下的时候，我的胳膊不小心动了一下，这轻微的响动引起了它的注意。大蛇立刻将头伸向我，眼睛盯着我，那是蛇和魔鬼才有的注视。它迅速转身，好像在炫耀它的技能一样。很显然，它把我和被它毁掉的古代人归为一类人。顷刻之间，它爬到一棵桤树的枝头，将自己伪装成一截干枯的树枝，等待时机袭击鸟类。为小鸟复仇的念头在我的心中油然而生，我捡起一块大石头，用力地向大蛇砸去。大蛇被我击中了，落在了地上，疼痛地打着滚儿，很快死去了。沼泽恢复了往日的宁静，一只躲在别处幸免于难的小灰猫嘲鸫跳上了枝头，欢快地唱起歌来，仿佛在欢庆胜利。

夏日的盛宴

直到七月中旬，森林才恢复往日的平静。季节的潮流起伏趋于平静，但节日的氛围有增无减。伴随着炎炎夏日，田里的庄稼开始积蓄能量，准备成熟。动听的歌声也渐渐消失。小鸟们纷纷钻出巢穴，努力学习本领。小鸟的父母既要照顾宝宝，又要准备换毛，都陆续忙碌起来。这个季节兴致最高的是蟋蟀，它停留在你的窗前，整夜重复着单调的歌曲。在下一个夏季来临之前，你都将没有机会听到棕林鸫的歌声了。刺歌雀可真是累坏了，它的脾气变得有点暴躁。当我靠近它的巢穴时，它愤怒地对我叽叽喳喳叫个不听。既想做个称职的妈妈，又想做个优秀的歌手，它难以兼顾。当然，总有一些雀鸟仍在歌唱。有时，越过炎热的田野，在林子边缘高高的树上，传来猩红丽唐纳雀的歌声。这种色彩艳丽的鸟最喜欢高温天气，甚至在盛夏最热的时候都可以听到它的歌声。

对于燕子和翔食雀来说，夏日的狂欢盛宴就在于可供捕食昆虫的机会特别多。栖息在大树阴影下的那只灰白色的绿霸鹟把自己隐藏得那么好，绝不会放弃每一次出击的机会。半空中飞翔的苍蝇和愚蠢的飞蛾，一旦进入了绿霸鹟的视野，绝对会变成它的美餐。瞧瞧它那番举动，头好奇地摆动着，它的“眼睛在极其激动地翻滚着，从上到下，又从下到上”。

绿霸鹟眼神特别敏锐，如同显微镜一般，一旦发现目标，便迅速出击，一招毙命。这个过程没有打斗，也没有追逐。相比而言，那只麻雀显得格外愚蠢，它一般以各种植物种子和昆虫幼虫为食，偶尔也会试图模仿绿霸鹟，像翔食雀那样捕食，动作蠢笨地追逐甲虫或飞蛾。我猜，它正在草丛中寻觅，尽情享受这一举动。瞧那儿！机会终于出现了！一只乳白色小草蛾正在艰难地行进，麻雀有能力将它捉到。滑稽戏开场了。我认为，对于草娥来说，情况十分危急，它们这样追逐行进了几米，麻雀突然扑向地面，然后又飞起来。当麻雀又靠近时，草娥已经恢复了体力。麻雀很生气但也不想放弃，还是一直紧追着。终于，在连番的期待与失望过后，麻雀厌倦了这场追逐，它返回枝头，继续按它的方式抓虫子去了！

鸽鹰与麻雀的争斗不同于麻雀与蛾之间的小打小闹，这是一场速度与反应力的竞赛。这是翅膀和风对鸟儿的考验。鸟儿每条肌肉和神经都是紧绷的。鸟儿惊恐地叫喊着，左右来回周旋，企图找到一个绝佳的逃跑方向。而鹰却冷静地靠近，极好地控制着自己的身体，穷追不舍。它把自己行动的时间把握得恰到好处，激起你最深处的焦虑，使得你不由自主地爬过栅栏想一探究竟。这时鸟儿唯一的自救办法就是采用草蛾的策略，寻找树、灌木丛或篱笆等遮挡物，利用身体小、移动速度快的特点获得一线生机。鹰仿佛识破了这一战术，随机地一扑，希望能一举猎得。你会看到鹰没有一下子得逞，它在果园中低飞，还有几只金翅雀在周围，鹰发出了类似于“噼－啼，噼－啼”的失落的叫声，它似乎已经放弃了，因为灌木丛已经成为鸟儿们最佳的庇护所。

秋日的飞行表演

秋季是属于鹰翱翔的季节。鸡鹰是其中最引人注目的，它最爱这薄雾蒙蒙的暖日。它总是那么悠闲自在，它的动作是那么曼妙和威严！轻松地掌握着平衡，没有丝毫的匆忙感，时而华丽地盘旋着上升，是那么骄傲，带着贵族般的优雅，时而又大胆地在空中做特技表演。

鸡鹰缓慢、悠闲地在天空中飞着，我们几乎都看不到它翅膀的抖动，它盘旋着升空，越飞越高，逐渐变成天空中的一个黑点。突然，它收起翅膀，如同一把上劲的弓破空而下，仿佛要跌落地面，将自己摔得粉碎。在即将落地的瞬间，它又迅速张开双翅，陡然冲向天空，随意地向别处飞去。在秋季，这是最壮观的视觉盛宴，人们都屏住呼吸期待它再次升空。

如果想要平缓地降落，鸡鹰会紧盯着目的地，随即转弯，但其行动仍然是大胆得像流星般迅速坠落，你可以看到它像一条线一样直直地降落，如果你的距离足够近，甚至可以听到它翅膀抖动的声音，它的影子越过田野，几乎瞬间就已经悄无声息地落在沼泽或矮树或树墩上了，回味着刚刚吃下的青蛙和老鼠。

当南风刮起时，三五成群的鸡鹰开始了自己的飞行表演。山谷尽头，它们张开双翅，保持着身体的平衡，迎风飞翔。它们有时飞得平稳，翱翔天际；有时忽起忽落，好像随风飘荡；有时直冲向上，翱翔于群山之巅。它们又会突然加速。这就是鹰，纵然向它射击，只要伤势不严重，它就绝不会轻易改变自己的飞行轨迹和姿态。

天空翱翔的鹰完美地阐释了动与静的美感。相比而言，燕子和鸽子的飞翔在视觉冲击上则逊色许多。鹰的飞翔是如此奇妙，人的眼睛很难发现它双翼的抖动，使人感觉它一直在轻快自如地飞行，它不是刻意去使用蛮力，而是完美地顺风而行。

鹰翱翔的时候，一些自不量力的鸟，比如，短嘴鸦、极乐鸟，会去袭击它。鹰表现得极为从容淡定，它从不屈尊去注意这些吵闹、愤怒的攻击者，只是轻巧地在空中盘旋，上升，再盘旋，再上升以此来迷惑对方。不一会儿，短嘴鸦和极乐鸟就变得晕头转向，不得不放弃袭击。用这种战略来对付弱小的对手很少见，我不确定这个做法是否值得效仿。

夏天过去了，森林迎来了秋天。这个收获季节的音乐是属于那些昆虫的，处处都可以听到蝉鸣声。整个天空都回荡着柔和的自然之声。鸟儿们都停止了歌唱。它们褪去了身上华美的羽毛，换上了朴素的新装，开始向温暖的南方迁移。燕子成群飞走了，刺歌雀也结群飞走了，不知不觉间，各类鸫也悄无声息地离开了森林。天气逐渐变凉，深秋到了，雀科鸣禽、莺、雀等也都去了南方。迁徙的过程即将结束，只有鹰依然在空中翱翔，逐渐消失在远方，见证着季节结束、众鸟迁徙的过程。

第二章

铁杉树林

很多人并不相信我们这个地区生活着数量众多的鸟。夏天，只有少数人才会留意到自己的周围多了许多鸟，他们只能认识其中不到一半的鸟。当我们走进森林时，几乎不会觉得自己入侵了那些鸟的领地，或者意识到在我们头顶上方的树枝上聚集、在我们面前的空地上快乐玩耍的鸟是何等珍贵、稀有，它们都来自于遥远的墨西哥、中南美洲以及更远的岛屿。

我依稀记得梭罗先生曾经描述过一窝生活在斯波尔丁家的令人羡慕的鸟之家。斯波尔丁从来没有注意过身边的鸟，每当夕阳下山，斯波尔丁吹着口哨驱赶着牛群从鸟儿的巢穴下面经过，鸟儿也不愤怒。但是，它们并没有进入村子的社交活动，这些鸟平静地生活在那里，繁衍生息，既不织布也不纺纱，叫声中带着节制的欢愉。

我想当然地认为森林里的居民只看到了它们的优点，不过，经过我的观察，鸟儿也有生气的时候，尤其是在斯波尔丁轰隆隆地驾着马车经过它们的家时。但总体来说，它们和斯波尔丁先生都对对方互不关心。

前些日子，我漫步于老铁杉林，数了数鸟儿的种类，竟然发现了四十多种夏季的候鸟。其中很多鸟在其他林子里也很常见，但也有不少鸟在这片古老的林子里很少见，更有一些鸟是在任何地方都少见的。在一片树林里，而且是在一片不算大的树林里，发现数量如此之多的鸟是不常见的情况，其中许多鸟都是在这里筑巢、度过整个夏天。我所观察的这类鸟的大部分在这个季节会到更北的地区度夏。

鸟儿的分布和气候有很大关系。同样的温度，即使在不同的纬度，也会吸引同一种鸟。因此可见，海拔和纬度的不同对鸟儿没有太大影响。海拔高、纬度三十度的地区和在纬度三十五度以下的低海拔地区有相同的气候，会有相似的动植物群体出现。在我写作所在地特拉华河的上游，海拔高，但纬度与波士顿相同。这里的气候更像美国和新英格兰北部。开车向东南部行驶半天的时间，我就会到达一个温度与出发地完全不同的地区，在这里能看见古老的地貌、不同的植被和鸟类，甚至看到不同的哺乳动物。在这里找不到我所住地区的小灰兔和小灰狐，却能看到生活在北方的大野兔和红狐狸。在十九世纪，一群海狸曾在这里生活，但是最老的居民也不知道它们修筑堤坝的地方。在我将要介绍的这片老铁杉林中，除了有各种各样的鸟，还有其他丰富的物产。当然，最主要的财富在于林中茂盛的灌木、长满果实的沼泽以及清幽寂静的森林。

铁杉树林

铁杉树林经历过坎坷漫长的历史。因为它的树皮可以用来制革，很多年前，伐木工人蜂拥而至，乱砍滥伐；移居者也任意砍伐，但它顽强地挺了过来。前几年，政府修建了一条通往林区的公路，这条路上一直充满艰难险阻，不是大树倒在了路上，就是淤泥堵塞了交通。行人最终放弃了，他们选择绕过这里。现在这条路完全属于森林中的动物，路上到处都是浣熊、狐狸和松鼠的脚印。

大自然热爱这片森林，便留下了自己的印记，这里土地肥沃，上面长满了蕨类、苔藓以及地衣。站在这条充满花香草香的路上，我深深感受到来自植物王国的力量，并且对森林中默默进行的生命进程的深不可测怀抱一种崇高的敬畏。

现在，这片森林再没有带着斧头和凿子的敌人。牛羊经常造访，它们寻觅着最美味可口的嫩草。春天，农夫前往旁边的糖枫林制糖。夏天，妇女和孩子会经过老巴克皮林寻觅山莓和黑莓。我知道有个年轻的小伙子，他还带着钓竿，沿着森林中的溪流垂钓，梦想能够钓到鳟鱼。

红眼绿鹃

六月一个阳光明媚的早晨，我带着警惕、探险的精神前往目的地，寻找比糖更甜美、比黑莓更美味、比钓鳟鱼更有趣的游戏。

六月是鸟类学的学生观察鸟儿的最佳时机。这时，鸟儿都在忙着修建巢穴，这个月是它们歌唱最响亮、羽毛最华美的时期。哪儿有不会唱歌的鸟呢？我们是在等待陌生人开口说话吗？对我而言，我只能通过歌声来认识鸟儿；然后我靠近它一些，它像有灵性一样也对我很感兴趣。

有一次在林中，我有机会将一只灰颊鸫捧在手心，但我没有认出它。而沉默的雪松太平鸟始终给我一种神秘感，它漂亮的羽毛以及偷吃樱桃时狡黠的动作，也无法消除我的这种感觉。鸟儿的歌声包含着生命的线索，在它和听者之间建立一种联系——同情与理解。

我从陡峭的山路下来，穿过糖枫林，刚刚到达距离铁杉林一百米远的地方，红眼绿鹃带着悠长颤音的歌声就传入了我的耳朵，歌声中洋溢着兴奋，如同放学儿童吹响的口哨。红眼绿鹃是分布最广、最为常见的鸟。五月至八月，在美国的中部和东部，无论什么时间、什么天气，只要是在森林里，红眼绿鹃的鸣叫声总能第一个传到你的耳中。无论是雨天还是晴天、午前还是午后、在森林深处还是村庄树丛旁，鸫类鸟觉得天气炎热时，莺类鸟觉得天气寒冷时，红眼绿鹃从来不计较表演的时间和地点，总是沉浸在自己的音乐世界中。

在阿迪朗达克山脉深处，很少能听见鸟鸣，但总能听到红眼绿鹃的歌声，它的歌声并不是特别出色，但是它片刻不停、充满喜悦的歌声总是能打动我。它的歌曲总显得它忙忙碌碌，它的表演也不悲伤或充满韵律，但却可以完整地传递出喜悦之情。在我看来，大部分鸟类的歌声对人类意义重大，我认为可以从歌声中找到快乐。刺歌雀的歌声表达着快乐，麻雀的歌声表达着忠诚，蓝鸲的歌声表达着爱情，灰猫嘲鸫的歌声表达着骄傲，白眼翔食雀的歌声表达着羞涩，隐士夜鸫的歌声表达出一种灵魂的安宁，而红腹知更鸟的歌声表达着军人般的肃穆。

有些作家把红眼绿鹃划分到翔食雀类，但它更像食虫莺，从它身上几乎找不出任何鹟科或纯种莺的特征。它和歌绿鹃很相似，粗心的观察者总是分不清它们。这两种鸟的鸣叫都很欢快，只是歌绿鹃的鸣叫节奏感更强一些。红眼绿鹃身材更大一些，也更长一些，它的头上有青色的冠，眼部有淡淡的花纹。并且红眼绿鹃整天在树上跳跃，翻腾着树上的枝叶，左瞧瞧右看看，不停地飞，几乎一刻也不肯停止鸣唱。如果你听到它的声音变得细弱，那代表它已经飞到较远的地方。当它在树上看到美味的虫子时，它会纵身扑去，先啄伤虫子的头部，然后吃掉它。

雪鹀与冬鹪鹩

我走进森林，最先出现在我面前的是石瓦色的雪鹀。它们叽叽喳喳地对我叫个不停，仿佛是因为我打扰了它们的生活。每年夏天它们都在这里繁衍后代，但并不被当作雪鹀，因为到了冬季，它就会飞往南方，等到春天再飞回来，这个习性更像歌雀，我实在不能明白它的名字和雪及寒冷有什么关系。在不同地区生活的鸟儿有着不同的生活习性，短嘴鸦不在这里过冬，所以很少能在十二月之后、来年三月之前见到它们。

当地的居民把雪鹀叫作“黑斑翅鸟”。这种鸟是我所知道的最出色的地面建筑师，它通常将自己的巢穴建造在森林路边斜坡的底部，洞口半隐半露，精致的巢就在其中。内部添加了柔软的牛毛马毛，使得整体更加对称、结实、舒适。

我经过枫林的拱廊时，看到了三只小松鼠——两只灰色，一只黑色——在嬉戏。当我穿过一片原始的林篱时，才算真正进入铁杉林。这里极其原始、荒芜。我踩在地面厚实的苔藓上，双脚像被困住了一样，瞳孔在朦胧、圣洁的光线下无限放大。然而调皮的红松鼠跑了出来，一边跑一边嘲笑着我的到访，根本不顾及森林的宁静，不停地打闹、嬉戏。

冬鹪鹩最喜欢宁静，在我家附近，铁杉林是我唯一能够见到它的地点。它的声音里充满很多昏暗的过道，好像借助了某些不可思议的共鸣板一样。确实如此，一只如此小巧的鸟能发出如此有力的声音，且极富有感情。它使我想起了带着颤音的银嗓子。你或许可以从歌声的抒情特色上认出它是冬鹪鹩，但是你必须低下头才会发现是谁在表演。因为它羽毛的颜色和大地、树叶很相像。它从不肯飞上树梢，就在树桩之间、树根之间跳来跳去，或躲在藏身之处，以怀疑的眼神注视着所有入侵者。冬鹪鹩长得非常滑稽可爱，它的尾巴总是笔直地翘起，指向头部。在森林的歌手中，它是非常谦逊的一位。它演唱时从不矫揉造作，动作是那样自然流畅，它微微抬起头，清清嗓子，坐到一根原木上，喉咙中便自然流淌出美妙的歌声。它的目光直视前方，甚至是看着地面。在歌唱方面，很少有鸟可以超过它，可遗憾的是，七月的第一周过完，我就再也听不到它的歌声了。

韦氏鸫

森林里，苔藓旁，盛开着粉红色的酢浆草，这种草酸甜可口。我坐在森林里仿佛加了软垫的原木上品尝。这时，一只红褐色的小鸟迅速飞过，在十几米外的低枝上落下，“呦呦呜呜”轻轻地鸣叫，仿佛在问候我，就像你招呼你的宠物狗一样。它的声音柔和甜美，看一看它那冲动、优雅的动作，还有长有暗斑的前胸，我可以断定，这是一只鸫。之后，它发出柔和、圆润，如长笛音般的鸣叫，这是一种简洁但又传递情感的表达方式。我还没有来得及观察仔细，它就又唱着歌飞走了。看它的体形，应该是一只韦氏鸫，因为它的体形在鸫类中是最小的，和蓝鸲差不多大小。

我们区分鸦类主要依据它们胸前的斑点浓淡。棕林鸫白色身体上的斑点是边界感十分清晰的椭圆形，隐士夜鸫的斑点更淡一些，呈线状分布，身体颜色也偏青色。可惜这小鸟离我太远了，只看见它胸前是一片模糊的黄色，再细致点儿我就看不清了。如果你想看清它，就要在它的聚集处等待，同时这也意味着它也有观察你的机会。

布莱克伯恩莺

一声清脆悦耳的鸟鸣从高大的铁杉树上传来。我瞪大眼睛，看到有根树枝在细微颤动，仿佛有小鸟的身影。我看得头发昏，脖子都快要断了，依然不能看清楚。又过了一会儿，小鸟飞了出来，去追赶几米外的一只苍蝇或飞蛾。我只能看到它的外形，不能确定它的名字——为了处理紧急情况，我带着枪，我迅速拿起步枪，开枪击中了它。虽然这种做法有些残忍，但是没有鸟类的标本，鸟类的研究就很难迅速开展。很明显，从它的形态和习性来看，它应该是一只莺，但我不能确认它具体是哪种莺。我看着它，企图能叫出它的名字：火红的喉咙和前胸，冠和眼纹也是一样的颜色，背上的羽毛黑白相间。通常雌鸟的斑纹和颜色会稍暗一些。这应该是橙喉莺，它专属的名字。不过它的学名被称作布莱克伯恩莺，因为布莱克伯恩先生是第一个用步枪击落巢并打死它配偶的人。“伯恩”（burn）这个词用得恰如其分，因为它的喉咙至胸部的羽毛是如同火苗般的红色。它的颤音也独具特色，会使人以为它是红尾鸲，但并不特别有乐感。我在这附近的其他林子里没有见过它，这是我第一次发现它。

黄林莺

在这个地点，还有一种莺深深吸引着我，我经历了许多波折才看清楚它。在寂静的森林，这种莺的声音特别悦耳，带着齿擦音的声音穿过古老的森林，别有一番韵味。人们在山毛榉和枫林的高原地带要比在这里更容易听见它的鸣叫。将它放在手里观赏，不禁要感叹：“多么漂亮的鸟啊！”它有着小巧的外形、优雅的气质，背是淡蓝色的，古铜色的斑纹点缀在肩上，有黑色的上颌、金黄色的下颌，喉咙和胸前是一片黄色。这种鸟就是蓝黄林莺，尽管它身上的黄色有些偏古铜色。它非常精致、漂亮，也是我所知道的莺类中体形最小、最漂亮的。我从来都不惊讶于能在自然之中找到如此的尤物，因为这也是一种自然法则，就像你去海边或者攀登高峰时，总会发现它们小巧柔美的一面。大自然所展现的微观和宏观之美总是超出我们的想象。

隐士夜鸫

我走进铁杉林深处，鸟儿的歌声开始变得稀少起来。我面对寂静的森林思考时，林海的深处传来了一首悠扬美妙的歌曲，那是隐士夜鸫的歌声。对我来说，这是自然中最优美的声音。深深沉醉于它的演唱之中，不用离它很近，只是在离不到五百米远的地方听着，只能听到歌声中最强最美的部分。在它与鶺鸰、莺类的大合唱中，我总能听出它的声音，那歌声是那样清澈、宁静，仿佛是一首圣洁的诗篇。这歌声使我心里生出一种美感，自然界中再也没有一种声音比它的歌声更宁静、神圣。它的歌声更适合在黄昏时听，尽管我随时都可以听到。它的曲调十分简单，我甚至不必说出它的魅力到底在何处。“啊，球形，球形！”它仿佛在说，“啊，神圣，神圣！啊，云消吧，云消吧！啊，放晴吧，放晴吧！”这些话语穿插在最动听的颤音和最美妙的序曲之中。隐士夜鸫的歌声不同于唐纳雀或大嘴雀的歌声，没那么骄傲，没有跌宕起伏，没有个人情感掺杂其中，仿佛只是在自己最好的时刻甜蜜、安静地歌唱，表达了一种安详、深沉、庄严的喜悦之情，只有纯洁高尚的心灵才能体会。前几天的一个晚上，在明月的陪伴下，我登上了山顶，隐士夜鸫在几十米外唱它的晚间赞美诗。在静谧的山野里，望着天边皎洁的明月，聆听着纯净的歌声，城市的喧闹、繁华在这里都不值得一提。

我从不知道同种类的鸟儿会在同一地点歌唱，以比试歌喉，比如，棕林鸫和韦氏鸫。从树上打下一只，不出十分钟，又会有一只同类鸟在树上高歌。那天晚些时候，我进入了老巴克皮林的中心地带，发现了一只正在低鸣的鸫，但对于我的出现，它并没有变得很警觉，只是声调变得更高了。我掰开它的嘴，发现它口腔内是像金子一般的黄色，我期待着能在里面找到珍珠和宝石，或者看见天使从里面飞出来。

这类鸟很少在书中被提起，我也不清楚哪位鸟类学家能区分三种鸫且不会混淆它们的外形和歌声。一位作者曾在《大西洋月刊》中写道，棕林鸫也时也叫隐士夜鸫，但根据它的声音特点，也会被称作韦氏鸫。最近出版的大百科全书里有奥杜邦的最新成果研究，他认为隐士夜鸫的歌声由较为单一的悲伤的音节组成，韦氏鸫和棕林鸫的歌声更为相近。另一位作者又告诉我们，鸟儿的颤音和翅膀振动的频率息息相关。隐士夜鸫可以通过体色来辨认；它的背部是黄褐色的，到臀部和尾部逐渐变成赤褐色。翅膀和尾部的羽毛，一浅一深，形成了鲜明的对比。

绿霸鹟

顺着那条废弃的公路往前走，许多动物经过的痕迹出现在淤泥上。它们何时留下的脚印，为何我一个都未遇到？这个脚印是山鹑留下的，那个是山鹬的痕迹。松鼠、水貂、臭鼬鼠、狐狸都一一在这里留下属于自己的印记。狐狸的脚印清晰而又灵巧，相比而言，狗的脚印实在太粗俗、笨拙了。动物的脚印如同其声音一样，充满着野性。鹿的脚印是像绵羊的还是山羊的？从脚印上可以看到灰松鼠在雪地上轻巧地跑过！从这些脚印我们可以看出大自然已然成为动物的训练场，正是森林的生活锻炼了动物的视觉、听觉、触觉、嗅觉，当然，也包括鸟儿成为森林中最罕见、最美妙的歌手。

在僻静的森林深处，东林绿霸鹟凄凉的哀鸣声到处都是。绿霸鹟是纯正的翔食雀，极易识别。这是一种有个性、家族特征明显、喜欢争强好胜的鸟。在森林中，它们是最不讲礼仪、缺乏风度的鸟类。瘦削的肩膀，大大的脑袋，短短的腿，身上没有一根漂亮的羽毛，走起路来扭着屁股，摆着尾巴，真是难看到了极点。它们整天吵架，不是和邻居吵，就是和家人吵。人们谈论起自己喜欢的鸟儿时，从来没有人会提及它们的名字。

极乐鸟是鸟类大家庭中最华美的一位，却是个吹牛大王。虽然总瞧不起自己的邻居，它却是一个胆小鬼。只要对手勇敢一点，它立刻就举手投降，连小小的燕子都能轻易地击败它。

大冠翔食雀和小绿翔食雀的生活习惯很相似，它们总是缓慢地飞行，从这个树头到那个树头。但是，当它们发现虫子时，动作却十分灵敏，即使是飞得最快的虫子，也难以从它们的嘴中逃生。尽管它们外表沉静，但动作十分敏捷。它们不像莺类总是在树丛忙碌地寻觅食物，它们像优秀的猎手，静静等候虫子的到来。只听“啪”的一声，我们就知道它们又找到可口的食物了。

东林绿霸鹟会用它甜美但又略微悲伤的歌声吸引你的注意力。它的曲调总留有升高的余地。不管在这里还是森林深处，到处都有它们栖息的地方。

它的亲戚菲比霸鹟将巢建在悬崖峭壁之上，并且使用苔藓来进行装饰。不久前，我走过山下时，抬头发现了菲比霸鹟的巢穴，它修建得如此精巧，和周围的苔藓连缀在一起，仿佛是自然生长的一样。从此我便格外关注它，岩石也格外喜欢这个巢，让我不禁感叹，这里能学到最好的建筑学。这座巢穴是由无尽的关爱建造而成的，完美地适应周围的环境，看起来像是大自然的产物。鸟儿的巢穴都是大自然的馈赠，你绝不会找到红色或白色的鸟巢，也不会在巢穴上找到装饰物。

鸣角鸮

在林中一个偏僻昏暗的角落，一窝羽翼刚刚丰满的鸣角鸮整齐地站在一截干燥的长满苔藓的枯枝上。在距离它们四五米的地方，我停下了脚步，静静地看着这些灰色的一动不动的鸟。它们有的背对我，有的面对我，但仿佛有心灵感应一样，都不约而同地将头转向我，将眼睛眯成一道黑线，透过这道缝隙观察我，很显然它们认为自己并没有被人观察。这个现象十分奇怪和搞笑，让人想起滑稽又可怕的事物。它带来了一种新的效果，白天森林中黑夜的一面。观察片刻，我又向前迈了一步。它们猛然把眼睛睁开，改变身姿，有的弯腰，有的低头，观察四周的状况。我又走近一步，除了一只，其他的全部飞走了。其中有一只飞到了矮树的枝头，惊恐地注视着我。我举起步枪，打下了一只鸣角鸮。它长着茶红色的羽毛，和威尔逊先生书上写的一样。令人费解的是，鸣角鸮的羽毛有灰白和茶红两种，而羽毛的颜色竟然和性别、年龄、季节没有任何关系。

橙顶灶莺

在森林中一处相对干燥、苔藓较少的地方，一只金顶�醇把我逗乐了，哦，不，它是一只橙顶灶莺。它在我面前自由自在地走着，仿佛是在滑行。它时不时扭扭头，像母鸡或松鸡那样迈着时快时慢的步伐，脸上显出一副聚精会神的神态，使我驻足观望。我坐下来看它，它也停下来盯着我看，同时又以那怪异的姿态向前走。它似乎在全神贯注地走路，但是又让我始终在它的视线之内。擅长步行的鸟很少，多数的鸟都是像知更鸟一样跳跃着走路。发现我对它没有敌意，它就高兴地飞到了一根树枝上，仿佛是赏赐我一样，张开喉咙开始演唱。整首曲子从很低的音调开始，低到仿佛声音是从远方传来一样，逐渐升高，声音也越来越响亮，它全身都在颤抖，甚至变成了兴奋的尖叫，尖锐的声音在我的耳中回响。“啼彻，啼彻，啼彻，啼彻，啼彻！”第一个音节重音，之后每个音节的重音不断增强且尖锐，这是其他鸟所不具备的技能。它的才能还没有得到世界的公认，因为我还没看到过作家赞美它，它的音乐之路才刚刚起步而已。不过，我知道它的心中还隐藏着一首压轴的歌曲，等着送给它心中的爱人。只见它迅速地冲过树梢，在空中盘旋着飞翔。然后，它张开喉咙，一阵清脆悦耳的歌声突然迸发出来，清脆如铃，能与金翅雀媲美，与朱顶雀一决高下。这歌声绝对是鸟儿音乐史上的精品，它常常会在日落之后，躲避开人类的注视，静静地歌唱。此时你就会发现它的声音与水鹡鸰相似，也是音质圆润，带有一种快乐的韵味，仿佛它刚刚得到好运一样。近两年来，我被这种声音所陶醉，就像梭罗曾被夜莺的歌声所俘获一样。顺便说一句，夜莺对于梭罗来说，是很熟悉的鸟，鸟儿故作神秘，不断重复声调高的曲子，似乎只有这样它才满足。我确认我没有泄密，将原委告诉大家。这真是美妙到极点的情歌，这类歌声也会在它们求偶的时候听到。我曾在两只雄鸟在林中追逐时听过到这略带压抑的歌声。

莺、鸫、雀类的大合唱

从那条废弃的公路向左转，我漫步走过柔软的原木和灰色的落叶，跨过鳟鱼溪，眼前便是老巴克皮林最茂密的地区。我不时地停下脚步欣赏景色。茂密的苔藓丛中盛开着一朵小白花，叶子是心形的，很像地钱，但和地钱花的颜色不同，真是种奇怪的植物，在我的植物学中并没有记载。这里还有蕨类植物，大概有六种，最高大的竟然能达到我肩头那么高。

我走到一棵细高、树皮粗糙的黄桦树下，有一道石松堤坝上面有蔓虎刺果和发光的叶子，旁边有淡粉色的花朵串起的小塔。稠密的石松编织成一张软床。我倚靠在软床上，时间刚刚过正午。鸟儿刚刚结束上午热情的演唱，都返回巢穴休息。下午的时间漫长，鸟儿即使合唱，也是很短暂的。到了黄昏时分，你才能静静聆听隐士夜鸫那充满力量的歌声。

很快，在不远处低矮的灌木丛里嬉戏的一对红喉蜂鸟引起了我的注意。雌鸟在树枝间时隐时现，雄鸟在树间盘旋，想要追求雌鸟。发现我后，雄鸟降落在树枝上，两只鸟很快就隐身于树丛之中。忽然，就像约定好时间一样，林中的鸟儿都开始了歌唱。我倚着大树，闭着眼睛，欣赏着这场由莺、鸫、雀类带来的合唱音乐会。不一会儿，隐士夜鸫那神圣的赞美诗也加入了。玫胸大嘴雀的声音常会被误认为猩红丽唐纳雀的声音。它的声音明快洪亮，充满着自信，展现出表演者的才能，但并不是天才的表演。当我走到树下时，它看着我，继续歌唱。据说这种鸟主要在西北部活动，很少在东部地区出现。它的嘴很大，像一个大鼻子一样，在它脸上显得也有点儿突兀，好在大自然是公平的，赐予它了艳丽的羽毛，它拥有着玫红色的胸，翅膀下面是淡粉色的里衬，背部黑白相间。当它低空飞过时，你可以欣赏到它的背部；当它高飞时，你便可以看到它翅膀下面的红色部分。

在昏暗的森林中，一团火焰在一棵枯死的铁杉树上燃烧起来。那灿烂的红色实在是太醒目了，那是大嘴雀的亲戚——猩红丽唐纳雀。我偶尔会在铁杉林中看到它。它的颜色过于艳丽，我都担心它会点燃栖息的树枝。这是一种喜欢独居的鸟，它喜欢寂静的森林深处，经常飞向山顶。我上次去爬山的时候，就在山顶看到它在放声歌唱。它喜欢在山顶唱歌，微风将山顶的歌声吹向森林，越吹越远。它喜欢高地，音域也更宽广，即使已经飞远，风也能将歌声带给我。它是我所见过的鸟里羽毛最漂亮的，蓝鸲的羽毛并不是通体蓝色，靛彩鹀、金翅雀、红衣主教雀也并不是像名字一样的颜色。猩红丽唐纳雀羽毛为深红色，尾巴翅膀为黑色，这是它最隆重的装扮。到了秋季，它就会换毛成暗黄绿色，雌鸟常年都是这个颜色。

在老巴克皮林的合唱中担任领唱之一的是紫朱雀，它经常站在枯死的铁杉树上，能发出最美的颤音。它是最优秀的歌者，是雀类之王，正如隐士夜鸫是鸫类之王一样。它的歌声使人心醉神迷，除了鹪鹩，这是我在这些树林中听到的节奏最快、拖音最长的歌声。紫朱雀缺少冬鹪鹩的清脆与婉转，但它的歌声如同非常圆润的哨音，非常甜美，非常悦耳。有时知更鸟那特色鲜明的鸣叫声会加入进来，在整个表演过程中，它的歌声唱法如此之多、应变如此之快，以至听起来像两三只鸟在同时歌唱。知更鸟在这里并不常见，我只能在这些或相似的树林中找到。它的颜色为褐色，像是一种棕色的鸟在稀稀的商陆汁中浸泡后变成的色彩，如果再浸泡两三次，则更像紫色。雌鸟的体色与歌雀一样，嘴和体形都偏大一些，尾翼上的羽毛分叉更多。

借巢下蛋

穿过一块没有树木与灌木丛的空地，我想到河边休息。当我在河边弯腰掬水的时候，从河堤上飞出一只淡青色的小鸟，距离我的头顶不到一米，看起来好像身有残疾或有伤。它飞过我的头顶，掠过草地，飞入了最近的灌木丛。看到我没有追赶，而是停在了河边，它便高声尖叫，喊出了自己的伴侣。这是带斑的加拿大威森莺。我在书中并没有发现关于这种鸟筑巢的介绍。我现在有机会观察一下它的巢，它的巢里面铺满了干草，建在河堤上，距离水面刚过半米，容易受到雏鸭或鹬的威胁。我在巢中发现了两只雏鸟和一枚带有斑点的蛋。咦，这两只雏鸟怎么不一样？其中一个雏鸟的个头很大，几乎占了一半的鸟巢，并且它的叫声要比自己的同伴响亮很多。它们才出生多长时间，怎么会有这么大的差异？我明白了，这一定是褐头牛鹂干的好事。我抓起这个闯入者的背，将它丢进了河水中。它刚刚出生，身上还没有长羽毛，看着它在河水中簌簌发抖，被河流冲走，我有些不忍心。大自然就是这样残忍，伤害了它，却救了两条生命。否则，不到两天，加拿大威森莺的两个孩子就会被这个大个子害死。正是因为我插手，才让一切回到正常的轨道上。

逃避做父母的责任，将自己的卵产在其他鸟的巢中，真是自然界中的一种奇观。褐头牛鹂就是这样做的。当人们计算它的数量时，很容易就会发现这种小悲剧时常发生。同样，在欧洲，杜鹃也是这么做的，知更鸟和各种鹟类鸟常常是受害者。而褐头牛鹂更加可恶的是，它总将自己的蛋产在比自己个头小的鸟的巢中，并且它的蛋孵出得早。由于它的孩子出生早，个头又大，受害者的雏鸟在抢食时总是被欺负，它又长得极快，原住者很快就会饿死。宿主便清理尸体，全心全意地抚养“子女”。

体积小的莺类和翔食雀经常成为受害者，偶尔雪鹀也会不知不觉地上当受骗。有一天，我在树林里一棵高大的树上，看到一只黑喉林莺正在喂养褐头牛鹂的幼鸟。当我向一个老农说起这件事时，他非常地吃惊，这种事情发生在他的树林里，他却一点儿都不知道。

在这个时节，褐头牛鹂在森林中四处飞翔，寻觅着合适的鸟巢产卵。有一天，我坐在森林中一根原木上休息，就看到一只褐头牛鹂鬼鬼祟祟地在空中盘旋，慢慢地靠近地面，动作诡异神秘，在距离我将近五十米的地方，消失在灌木丛中。

过了一会儿，我悄悄地走过去，想仔细地观察一下，遗憾的是，由于我不小心在半路上发出了点儿响声，那只鸟立刻飞出了灌木丛。我走进灌木丛，发现里面有一个用干草和树叶修筑的简易鸟巢，鸟巢部分藏在树枝下，不易发现。这应该是雀类的家。鸟巢中有三枚鸟卵，不远处的地上也有一枚，可能是滚落出来，掉在了地上。这肯定是褐头牛鹂干的好事，它发现鸟巢缺少空间，就扔掉其中的一枚鸟卵，把自己的卵产在巢中。几天后，我再次来到这个鸟巢旁边，发现又有一枚卵被丢在了外面，但空着的地方没有新下的卵，鸟巢里有两枚卵，但已经变臭了，很明显，这个鸟巢被主人放弃了。

每次我发现借巢下蛋的情况时都看到雌雄褐头牛鹂在附近徘徊，雄鸟从树枝上发出它特有的流动、润滑的鸣叫声。

七月，淡黄褐色的雏鸟开始成群地出现。在秋天，它们会长得很大。

加拿大威森莺

莺类中，带斑的加拿大威森莺拥有最动人的歌喉。它的歌声和金丝雀的非常相似，不过可能因为它太活泼好动了，整天在枝头跳来跳去，因此歌声听起来不是特别连贯、完整。此刻，它正高兴地在枝头歌唱，沉浸在自己动听的歌声中，难以平静下来。

加拿大威森莺的风度非常有特色，当它在林中发现你时，会有礼貌地打招呼。它是一种非常优雅的小鸟，身形修长，沿着脊背直到头部，青色逐渐变为黑色。它身体的下半部，沿着喉咙向下是淡黄色的腹部，胸前有一个黑色的斑点。

它的眼睛非常漂亮，有淡黄色的眼圈。

孵卵的鸟儿夫妇发现了我的到来，有点儿恐慌，它们大声喊了起来。邻居们纷纷前来，想看看发生了什么事情。最先飞来的是栗胁林莺和布莱克伯恩莺，接着纹胸林莺也飞来了。躲在灌木丛中的马里兰黄喉地莺“飞扑！飞扑”地鸣叫，好像在表示同情。东林绿霸鹟也停在了树梢上，红眼绿鹃在空中徘徊，始终用好奇的眼光注视着我，显得十分迷惑。似乎是看到没有什么危险，这些鸟就纷纷飞走了，没有给这对夫妇任何鼓励。鸟儿经常如此，我不知道它们前来是出于同情，还是想要探察一下情况，看看是不是有危险发生。

当我一个小时后重返此地时，四周静悄悄的，只有雌鸟在巢中。我靠近鸟巢时，雌鸟畏惧地向里挪了挪，大大的眼睛注视着我，露出野性的一面。当我距离鸟巢只有两步的时候，雌鸟才展开翅膀飞走。经过余下的短时间的孵化，两只雏鸟出生了。它们长得很快，在没有受到外来者抢占的情况下，它们会抬头了。一周后，它们就展开翅膀飞走了，短暂的幼年便结束了。令人惊奇的是，它们能在这么短的时间内避开这一带许多臭鼬鼠、水貂和麝香鼠的威胁——它们最喜欢吃小鸟了。

山鹑

我继续往老巴克皮林的深处走去，时而行走在光线昏暗或者杂草丛生的小道上，时而越过柔软、腐朽的原木，时而越过荆棘丛生的灌木丛，时而穿过野樱桃、山毛榉编织而成的凉亭，时而越过开满黄白色野花的草地，或者在齐腰深的灌木丛中穿行。

呼呼！呼呼！呼呼！我身边突然飞起了一群没有成年的山鹑，它们拍打着稚嫩的翅膀，又分散开，纷纷躲进灌木丛中。我悄悄地藏身在蕨类植物和荆棘丛中，等待着山鹑妈妈召唤它的孩子。小山鹑还没有成年，怎么能够飞起来呢？自然将精力都放在鸟的翅膀上，把它们的安全放在首位。幼鸟的躯体被绒毛所覆盖，即使羽毛还没有长出，羽茎也已出现，在短时间内，小鸟就可以飞行了。

在鸡和火鸡身上可以看到同样的羽翼快速发育生长的现

象，但是其他禽类都要等羽毛长全后才能飞翔。有一天，我在一条小溪边上见到一只看上去只有一周多大的小滨鹬，真是个漂亮的尤物，它满身都是灰毛，异常机警。看到我后，它立刻跳进水里，飞快地游走了。看来它并不需要羽毛，借助水路也可以逃生。

听！灌木丛里传来一阵温柔、有感染力的“咕咕”声，那声音微小、热情但又隐蔽，只有最机警的耳朵才能听到。那是山鹑妈妈在热情地召唤自己的儿女。过一会儿，四周响起了雏鸟微弱的“耶普”的应答声。确认没有危险后，山鹑妈妈发出了阵阵洪亮的“咯咯”声，小雏鸟们这才跌跌撞撞地开始向妈妈待的地方聚集。我从藏身之处走出，没有刻意小心地行走，结果所有声音立刻消失了。我的寻找变成了一场徒劳。

披肩榛鸡

披肩榛鸡是我们这里最富当地特色的鸟，为森林增添了许多魅力，赋予了森林家的感觉。没有它的森林是不完整的，像被大自然忽视了一样。这种松鸡长得非常强壮，并且很有活力。我猜寒冷和冰雪是它的最爱，天气越冷，它的翅膀拍打得越带劲。暴风雪降临时，披肩榛鸡就静静地站在雪地中，任凭大雪将它掩埋。这时，假如你接近它，它会立刻从积雪中冲出，大叫着飞向天空，将雪花扬得漫天飞舞，这个情景也能体现当地精神。

春天，披肩榛鸡的鼓声是森林中最美妙的音乐。在树木开始发芽的四月，不管是早晨还是黄昏，披肩榛鸡都在用自己的打击乐庆祝美好的一天。如你所料，它不喜欢生长得结实的大树，而是喜欢腐朽的倒地的老橡树的树干。假如身边没有腐朽的树干，它就寻找一块岩石替代，岩石也将与它共鸣。要想找到它们的打鼓地点，就像遇到黄鼠狼打瞌睡一样难，不过，如果细心观察，并非见不到它的表演。它不靠着原木，通常直立在原木上，伸直脖子，展开颈上的羽毛，先试着敲击两声，停顿片刻，然后开始狂风暴雨般的打击，形成“呼呼呼”的声音。整个演奏过程不超过半分钟，羽毛不会直接接触木头，声音都是靠翅膀拍击空气发出的。一根原木可以使用很多年，为众多鼓手所用。原木似乎一座庙宇，备受尊敬。披肩榛鸡总是步行而来，并且以同样安静的方式离去，除非被粗鲁地打扰。它很狡猾，但没有大智慧。假如你想偷偷接近它，它会立刻消失在你眼前。假如你装作没看到它，故意弄出大点儿的动静，从它身边走过，它就会收起翅膀，呆呆地站立在那里。倘若你是名猎手，那就可以将它一枪毙命了。

马里兰黄喉地莺与栗胁林莺

沿着老巴克皮林的一条蜿蜒起伏、向远处延伸的小路漫步，突然被从低矮的灌木林中传来的一阵美妙而响亮的颤音所吸引。我很快意识到那是马里兰黄喉地莺的鸣叫声。不久，这名歌手现身了，证实了我的观点。瞧瞧它那铅色的头和脖子、黑色的胸脯、橄榄色的脊背和淡黄色的肚子。它一般离地不高，偶尔喜欢在地面上跳跃，根据这个习性，我将它归为地莺；因为它的胸部是黑色的，鸟类学家便为它起名为哀地莺。

威尔逊和奥杜邦都曾坦言对这种鸟了解甚少，甚至没有见过它的巢，也不知道它的生活习性。尽管它的歌声很有特色，但也属于莺类的歌声。它很害羞和机警，每次飞行一米左右远，并隐身于你的视线之中。在这片区域，我只看到过一对哀地莺，口中衔着食物的雌鸟小心翼翼地观察周围，根本不给你机会让你跟踪发现鸟巢在哪里。地莺还有一个非常明显的特征——有一双特别美丽的双腿，白皙，纤弱，好像穿了丝袜和缎子做的拖鞋一样。高树莺的腿是深棕色或者黑色的，但羽毛更为鲜艳，它在歌唱方面稍微逊色。

栗胁林莺属于后一种，它在这片林子中很常见，如同在其他林子里一样常见。栗胁林莺是莺类中最漂亮、最稀有的。它拥有白色的胸和颈，两侧为栗色，还有黄色的冠，很是醒目。但很少有人知道它的习性或出行规律。我曾经发现过它们的一个巢穴，就在山毛榉林间的灌木丛中。牛群每天都在那里吃草，一切很是正常。都怪可恶的褐头牛鹂，它们在那儿偷偷产卵，不幸很快降临，那个鸟巢被放弃了。在夏季，栗胁林莺雄鸟的尾巴总是向上立起，羽翼下垂，看起来像矮脚鸡一样利落。它的歌声悦耳短暂，仿佛不是它唱的一样，而是合唱中的一部分。

黑喉绿/蓝林莺与黑白森莺

落入耳中带有森林气息的悦耳乐曲来自黑喉绿林莺，我在不同的地方见过这种鸟。在纯种莺中，黑喉绿林莺的歌声是佼佼者，其歌声朴实无华，歌声可以这样表示：“——V¯¯”。前两条线表示两个同样的音调，后面为休止符，音调有变化。雄鸟有着天鹅绒般黑色的前胸，背部是黄绿色的。

从老巴克皮林深处由铁杉树、山毛榉、桦树组成的树林中传来黑喉蓝林莺懒洋洋的夏日之歌。“啼，啼，啼咿——”音调不断上扬，并带有夏日昆虫独特的鸣叫声，但没有一丝哀怨之情荡漾其中。这是林中最懒洋洋的曲子，我感觉它马上就要在树叶上倒下了。奥杜邦说从未听到过黑喉蓝林莺的情歌，但这就是它的情歌的全部，很显然它在情人眼里是个非常朴实的小英雄。黑喉蓝林莺不像它的同类那样勇敢、引人注目。它偏爱茂密的山毛榉林和枫树林，悠闲地在低矮的枝条上活动，离地近三米，不时地重复着那懒洋洋的曲调。它的背部和头冠是深蓝色的，腹部是纯白色的，翅膀上有白色斑点。

黑白森莺随处可见，它身上的花纹让我想起了毛丝鸟。毫无疑问，黑白森莺歌声十分悦耳动听，很少有昆虫在歌唱上能与之相比，与昆虫相比，黑白森莺的歌声没有那么刺耳，反而多了几分美妙与柔和。

那种尖尖的、连贯的颤鸣常会被误认为是红眼绿鹃的鸣叫，实际上来自独居的歌绿鹃——这是一种体形稍大的鸟，更为稀少，声音更洪亮，但是不那么愉悦。我看到它从树上跳下，注意到它胸前和侧面是橘色的，眼周有白色的圆圈。

夕阳西下，天光逐渐变得暗淡，我明白，今天的漫游应该结束了。我仅探索了古老森林中的一小部分，只描述了这个合唱团的四十位领唱者。在老巴克皮林深处一个偏僻、潮湿的角落里，我发现大片盛开的紫色兰花，人和牲畜都没有在这里留下任何的痕迹。我凝视着茂密生长的地衣和苔藓，徘徊了许久。森林中的树木，无论高低、粗细，都长满了各式各样的苔藓和地衣，仿佛穿上了美丽的衣裳。每根树枝都历经百年，但枝头仍然充满生机。一棵年轻的黄桦树显得非常神圣，但又对荣誉显得有些惶恐。一棵枯萎腐烂的老铁杉被披挂了一身，仿佛是为了庆祝某个庄严的节日。

我满怀敬意地站立在森林的高地上，看着黄昏时分的森林，这是一天中最美丽的时刻。耳边响起了隐士夜鸫赞美诗般的吟唱。我深深感受到了大自然的博爱与宁静，与之相比，音乐、文学甚至宗教都显得黯然失色。

第三章

阿迪朗达克山脉

一八六三年的夏天，我去阿迪朗达克山脉，当时我刚刚开始研究鸟儿。我怀着满腔的热情，希望能在这里有所发现：哪些是已经了解的鸟类，哪些还是未知的。对于广袤、遥远的原始森林，人们自然抱有很大的期待，希望在里面可以找到一些稀有、珍贵的东西，或者有一些全新的发现，但人们通常都是乘兴而来，失望而归。梭罗曾在缅因森林做过三次简单的拜访，除了惊动麋鹿与驯鹿外，他仅仅欣赏到了棕林鸫和绿霸鹟美妙的歌声，此外并无更多发现。我在阿迪朗达克山脉的经历也是如此。其实多数鸟恰恰喜欢生活在人类居住区及垦殖区附近，我正是在这些地方看到了数量庞大、种类众多的鸟。

第一次进入林区

我们第一次进入林区时逗留了几天，在老猎户、拓荒者休伊特的垦殖区，我见到了许多老朋友，结识了一些新朋友。离开乔治湖后，沿途能看到许多雪鹀，这里的雪鹀也非常多。有一天清晨，我到小溪边洗脸，一只身披晨光的紫朱雀落在我的身边。我第一次见到这种鸟还是去年冬天在哈德逊高地。那是寒冷但晴朗的二月清晨，一群紫朱雀降落在我房前的树上唱着迷人的歌。如今在紫朱雀的家乡和它们不期而遇，真是一大惊喜！

白天，我见到了几只深褐色或带斑的松金翅雀，它们和普通的金翅雀是一家，形态和生活习性也很相似。它们生活在房子的周围，经常在房前一米左右的树枝上唱歌。

在草木残败的原野上，我看到了我十分喜爱的老朋友黄昏雀。它坐在一个高高的被烧焦的树桩上，嘴里衔着食物。这时，林地边缘和原野灌木丛中传来了一支新歌，这是我没有听到过的曲子，我连忙前去寻找。歌声在清晨和黄昏都十分显眼，但一直比较神秘，难以捕捉。最后我发现这是白喉带鹀的歌唱，在这个地区，它是一种常见的鸟。它的歌声轻柔缠绵，像微微颤动的口哨一样。但遗憾的是，这歌声很短促，总是似乎刚开始，便已结束。如果白喉带鹀能够把它的歌继续唱完，那它将成为带羽翼的歌手中的佼佼者。

垦殖地旁边的树林中有一条鳟鱼出没的小溪穿过，我在这里度过了很多快乐的时光。在这里我认识了许多的莺类，有带斑加拿大威森莺、黑喉蓝林莺、黄腰林莺和奥杜邦莺。在这些莺类中，奥杜邦莺是我第一次见到的。当时，溪边茂盛的灌木丛中有许多虫子，奥杜邦莺正带着幼鸟穿过灌木丛。当时正值八月，鸟儿们都在忙着更换羽毛，我只能偶尔听到它们的歌唱。在我整个旅途中，只有在穿越波瑞阿斯河边的森林时，才完整地听到一只知更鸟的歌声。那声音像一个老朋友在和我打招呼。

在静水湾考察

休伊特家中最小的儿子，今年二十岁左右，是一位非常出色的伐木工。我们邀请他担任我们的向导，我们从他家出发，准备前往波瑞阿斯河的静水湾考察。目的地位于波瑞阿斯河和哈德逊河的交汇处，距离我们大约十千米，那是一个幽暗深长的河段。我们在一间伐木工人废弃的屋子中暂住了几天，还幸运地找到了一个旧的炉子做鱼吃。在静水湾考察的几天里，最令我高兴的就是凭借自己的能力钓到了半打鳟鱼。向导拿出了看家的本领，结果却两手空空。这个地方看上去有很多鳟鱼。但是这个季节的河水偏暖，鱼儿都躲在深水区休息，不会轻易上钩。当我的同伴们在静水湾钓鱼的时候，我独自来到了河流的交汇处，将先前钓到的鲤鱼切成约两厘米长的小条充当鱼饵，将鱼钩下在了河水主流的一侧。短短二十分钟，六条鳟鱼就上钩了，其中有三条的长度都超过三十厘米。对岸的向导和伙伴看到了我的收获，立刻都来到了我身边，将鱼钩抛到离我垂钓地点偏远的区域，转而又来到我附近。然而，我们再也没有钓到一条鱼。不过从那以后，向导被我的表现所征服，对我的态度开始平和起来。

一天下午，我们在溪水边不远的地方发现了一个新的山洞。我们艰难地通过山上的裂缝，在前进了大概三十米后，来到一个圆顶的山洞前。这里常年不见阳光，在每年的特定时间段，蝙蝠是这里的主人。洞中还有许多的通道，不过我们只探索了其中一部分。潺潺的溪水声不停地传到我们的耳边，向导告诉我们，正是这条小溪的侵蚀造成了洞口的崎岖，这溪水是从山顶的一个湖泊流下来的，因此十分温热，对此我们感到很惊奇。

这些林子中的鸟比较少。我们只看见一只鸽鹰在我们营地上方盘旋，经常听见五十雀的尖声啼叫，那是它在带领孩子们穿过森林。

前往湖区

第三天，向导提议带我们去山里的一片湖区，在那里我们可以沿着水流寻找鹿的踪迹。

旅途刚开始时，上山的路十分陡峭，花费了一个小时，我们才爬到了一块高地。一大片松林就在眼前，看得出这片松林曾经被伐木工人砍伐过，林中散乱的枯枝给我们的行程造成了许多障碍。林中树木以松树为主，但我们能看到一些黄桦、山毛榉和枫树。我们背着猎枪跋涉，确实增加了负担。但如果真的有野兽出现，这也是对安全的保障，也成为支撑我们前进的唯一信念。

林中几乎看不到飞鸟的影子，偶尔会从林中跳出一只山鹑，呼呼地逃向远方，有时还会看到红松鼠躲在枝头，冲着我们吱吱地傻笑，然后逃回它的洞穴。树林中有一棵非常高大的老松树，很显然它逃过了伐木工人的魔爪，在半山腰看着身下的黄桦。

将近中午的时候，一个长而浅的小湖出现了。向导对我们说，这就是血鹿湖。据说许多年以前，一只麋鹿在这里被屠杀了。湖的四周非常安静、孤寂，忽然，向导将视线固定在一个正在吃睡莲的目标上，我们想当然地都以为他发现了鹿。大家焦急地看着，等待着一些动静证实自己的猜想。这时，从睡莲的叶子中间露出了一个脑袋，哦，原来是一只蓝色的大仓鹭。

大苍鹭发现了我们，立刻张开大大的翅膀，神态镇定地迅速飞到湖对岸的一棵枯死的树上。这一情景非但没有缓和反而加重了原本孤寂、凄凉的气氛。我们沿着湖边继续前进，大苍鹭从一棵树飞到另一棵树，始终飞在我们前方，显然它不喜欢自己的领地被打扰。湖边生长着许多植物，猪笼草长得非常茂盛，沙地里的龙胆草也准备绽放美丽的花朵。

横渡孤寂的湖泊时，我的内心期待着某种刺激，似乎大自然会泄露一些秘密，或让我们发现一些很稀少的动物。人们总是依稀感觉到万物都与水有关系。当人独自散步时，总会陷入沉思与幻想，在遇到的所有的泉水和池塘边搜索，仿佛这些地方会发生奇迹。有一次，当我先于同伴出发时，从高处的岩石往下看，发现湖面有动静，待我走到跟前，只发现了麝香鼠的踪迹。

在森林中艰难地穿行，历经许多艰险，我们终于赶在下午到了目的地——耐特湖。正值午后，湖水像镜子一样反射着阳光。耐特湖约一千六百米长、八百米宽，周围全是香脂冷杉、铁杉、松树生长而成的森林，如同我们刚经过的湖泊一样，给人一种孤独、寂寞的感觉。不过，并不是森林使我们产生这种感觉。森林中萦绕着各种各样的声音，我们像一棵棵行走的树木，进行着无声的旅行。直到来到湖边，我们才充分感受到这种身处荒野的感觉。水是如此温柔，它使得荒野更加野性，同时刺激了文化和艺术的发展。我们脚边的湖水很浅，像夏日的小溪一样，石头都露出了水面。在这一片浅水区，我们终于发现了我们一直追寻的动物的痕迹，这里有鹿的脚印、粪便以及它们啃噬过的睡莲。而这时一些肉质极佳的青蛙跳了出来，我们连忙用枪击中一些。我们在这里休息了半个小时，补充了一下身上的子弹，然后穿过柔软、散发着松木香的松林，前往湖对岸的宿营地。向导告诉我们，在那里会发现一个猎人留下的小木屋。

半个小时后，我们来到了湖对岸的一处洼地，这是一个让人身心愉悦的地方，如此友善和热情，仿佛森林里所有的美好都来源于此。我们看到了那个小木屋，距离湖边九十多米。小木屋建在山毛榉、铁杉和松树组成的树林中，旁边是香脂冷杉和枞木。从这里望过去，看不到湖面。它的设计令人称赞，三面是围墙，房顶铺满了树皮，还有一张用树枝搭建的床，门前有一块石头，摆放着许多充当燃料的树枝。在小木屋中，我们听到阵阵流水声，循着流水声，我们发现了一条水流欢快的小溪。水面上虽然布满了枯枝败叶和苔藓，像被白雪所覆盖，但是枝叶间随处可见小小的“井口”，正好供我们取水饮用。在木屋的原木上，我发现了一处纤细的笔迹，那是一个女性的名字。向导对我们说，这是一位英国女艺术家带着向导在这里写生时留下的。

放下行李和水壶，我们首先就是去寻找独木舟，此时独木舟承载着我们找鹿的期望。因为向导告诉我们，去年夏天，他将一艘独木舟留在了这里。经过一番寻觅，在一棵倒地的铁杉树树顶上，我们看到了它，但情况不是很好。独木舟已经没有了船桨和旋转支架，并且有一端裂开了一条大缝。不过，向导说可以用苔藓堵住裂缝，完全能够载两个人，只要我们重新做一个旋转支架和船桨就好了。我们要充分发挥动手能力，在太阳落山前做好。我们选用小黄桦的分枝来做桨，把它削得十分光滑，很是完美。它不是最佳的选择，但也算好用的工具，肯定够用了。旋转支架也需要我们以同样的技艺和速度完成。我们把一根接近一米长的粗壮木棍放置在船头，再用一块木头水平固定，通过一个孔，使它能够随意转动，然后把一个直径不到二十五厘米的半圆形木片放在支架顶端，给周围铺上桦树皮做成弧形断面，做反光镜使用。最后在这中间放上三支蜡烛。旋转支架也终于完工了。最后我们还用苔藓和树枝做了两个座位，船头和船尾各安放一个，船头的座位用作射击位，船尾的座位用作划桨位。

夜行猎鹿

回到小木屋，水已经烧开，我们将青蛙和松鼠做成美味的晚餐，犒劳我们的肚子。夜晚降临了，我们都为能够晚上狩猎而感到兴奋。虽然我并不是一个出色的猎手——只是有基本的技艺加上极大的热情而已，但是大家综合我在森林中的表现，将这个难得的狩猎机会——猎鹿——让给了我。我非常地激动，渴望能够有好的收获。

天全部黑了之后，我们顺流而下，准备试试身手。一切准备就绪。深夜十点，我们迫不及待地出发了。我的一只手紧紧地握住猎枪，另一只手不停地伸进口袋去摸火柴，确保我不会在轮到自己表演时犯任何错误。我跪在旋转支架上，等待着麋鹿的到来。今晚夜空晴朗，不见月光，四处静悄悄的。接近湖中央时，从西边吹来一阵几乎不易察觉的微风，我们在微风中悄无声息地从湖面上滑过。向导灵巧地划着桨，既没有使桨脱离水面，也没有打破水面，而是顺着水面匀速前行。此时周围是多么寂静啊！耳朵成为我们感知世界的唯一器官，统治着湖泊与森林。偶尔会有睡莲擦过船底，我俯下身去，可以听到微弱的潺潺水流声，除此之外，别无它声。然后，就像变魔术一样，我们被一个巨大的黑色指环困在中央。

当我们抵达湖中央时，湖面上倒映的星光一闪一闪，周围森林的树木在水面上映出宽宽的、首尾相连的黑色环带，好像有法师施法，让我们进入了一个魔幻世界，到了倒影与幽灵的故乡。向导的桨好像有魔力一样，能将船划到这样的地方来。难道是我犯了大错，没有带可靠的向导，而是让巫师顶替了向导给我引路？一阵“哗啦哗啦”的水声从岸边传来，打破了幻影，我紧张地举起猎枪。“是麝香鼠的声音。”向导一边说，一边继续划行。

独木舟缓缓抵达湖的对岸，向导轻轻摆动船桨，小船在湖中掉了个头，又向出发地驶去。和来时一样，在途中我们听到了一些细微的声响，却丝毫没有鹿现身的迹象。最终，我们只能遗憾地返回起点。

我们休息一个多小时后，时间已经将近子夜时分，我们再次出发了。漫长的等待并没有消耗我的精力，过度的兴奋倒使我更加清醒。夜色更加深沉，每年的这个季节，天光在午夜时分总是这样柔和。天上几颗星星静静闪烁。我们继续缓缓地划向那片诡异的阴影。周围更加寂静了。夜空中偶尔有飞鸟掠过，翅膀拍击空气，发出阵阵“扑扑”的声音，一只蝙蝠张着翅膀飞过。山四周有时会传来一声凄厉的鸟鸣，那是猫头鹰在活动。岸边又传来阵阵声响，我带着疑问看了看沉着的向导。

船再一次抵达湖对岸，我们一无所获，只能再次返回。

花费了这么长的时间，我开始感到疲倦，劳累的大自然也在收回画卷。我呆呆地坐在座位上，昏昏欲睡。忽然，一些动静从水边传来，吸引了我。“是一只鹿。”向导悄悄地说道。猎枪仿佛也听到了目标的声音，一下子跳进了我的手里。

仔细倾听，湖的对岸先传来哗啦啦的水花声，接着传来了动物在浅水区行走的声响。这些声音是从湖的另一端营地那边传来的。向导加快了速度，小船悄无声息地向着对岸前进。船逐渐靠近目标。此时的情景就像是一个捕猎灰松鼠的猎人面对突然出现的狐狸，一下子慌了神，忘了自己带抢。现在的我也在经受这样严峻的考验。我觉得空间有点儿小，但也不好调整船身了。看起来我必须马上采取行动。“点亮旋转支架。”向导对我轻声地说。我紧张地在口袋中摸索火柴，找到了一根。但由于太紧张，这根火柴掉落了。第二根火柴又因我用力过度而折了。第三根点着了，我急着要点燃旋转支架上的蜡烛，但它又过早地熄灭了。我多么希望赶紧点燃灯芯啊！独木舟马上就要抵达岸边，睡莲已经擦着船底的时候，蜡烛终于被我点亮了，一团亮光出现在船头。而船身依然隐藏在黑暗中。

紧张过后，我重新平静下来，格外地冷静、沉着。我握紧手中的猎枪，更加机警、敏感，准备随时向目标射击。但周围还是一片寂静。独木舟离岸边越来越近，岸上的树木隐约可见，每一棵树木、每一块岩石在我的眼中都仿佛变成了鹿的样子。一块巨大的岩石就像一只正要跃起的鹿一样，倒在地上的树枝又像鹿角。

那两个闪烁的亮点是什么？还要告诉读者它们是什么吗？一个鹿头映入了我的眼帘，然后是鹿的脖子，最后是整个身子。它站在齐膝的水中，眼睛看着湖中的亮光，之前还在悠闲地寻找睡莲，大概还以为亮光是月光的反射吧。“快开枪。”向导说道。我立刻扣动扳机。枪响过后，一阵杂乱的脚步声从水面传来，然后树林中传来了一阵声响，很明显，这只鹿跳进了树林。“它逃掉了。”我说。“等一等，一会儿我们上岸去看看。”向导说。

我们迅速地把独木舟划到岸边，从里面跳出来，举着灯架四处搜寻。越过原木与灌木丛，我又看到了那两个闪烁的光点。可怜的家伙！一只鹿已经摔倒在地上，随时都可能死去，再向它开第二枪的话有些过于残忍了。这是一只老雌鹿，这个夏天照顾孩子耗费了它大量的精力，对于这个收获，我没有一点儿成就感。

这种捕猎方式非常新奇，显然能吸引动物的注意力，使它困惑而不是惊恐。想要成功狩猎，就要在猎物困惑消失、要逃跑之前将它猎杀。

从岸上观望湖面，仿佛什么都没有发生过一样。我听不到任何动静，也听不到任何声音，但那束光照在身上，犹如地狱般巨大的眼睛凝视着你。

向导告诉我，鹿是一种很聪明的动物，假如它能够逃脱这种猎杀方式，就绝对不会再次上当。并且它刚才上岸后，曾经发出过一声长长的鼻息，那是警告其他动物逃跑的信号。

之后，我小试身手，用左轮手枪猎杀了一只兔子，准确地说是一只野兔，它被我们安放在营地的篝火和人所吸引，趁我们的伙伴睡觉时想偷偷品尝一瓶开口的牛奶。我朝着这只可怜兔子的脊椎打了一枪。

遇到老朋友

生活在大自然中的人发现早起是非常正常的事。生活在城市里的人们爱赖床，才会被大地和空气隔离，难以像鸟兽一样习惯早起。当一个居民在房间里醒来的时候，不是清晨，而是早饭时间到了。在野外宿营的我们，谁会放弃去感受、倾听、品味这清晨大自然的微风呢？当伙伴做好早饭招呼我们的时候，我们立刻冲向一棵倒地的大树，因为在树干上摆放着前一天猎杀的鹿肉。大家都想品尝鹿肉，可是大多数人只吃了一片就放弃了，因为鹿肉不好吃，又黑又硬，有种怪怪的味道。

这一天，天气晴朗无风，我们在森林中散步。这是一片原始森林，能在其中漫步是一种奢侈。这里既没有受到野火的焚烧，也没有被人类砍伐。每一棵树、每一根枝条、每一片叶子都保持着自然的姿态，快活地在原本的位置上生长。

林中的苔藓非常茂密，仿佛给整个森林铺了一层厚厚的地毯，小石块成为坐垫，大块岩石成为床铺，树林如同古斯堪的维也纳的客厅一般，但这一切的装饰都不是人为的，而是自然的杰作。一棵松树脚下长满了石松，像一张巨大的床铺。我安静地靠在树边休息，醒来后发现四周围了一群山雀。它们叽叽喳喳地叫着，对我的到来很是好奇。不一会儿，几只柳林莺也被吸引而来，它们也跟着羞涩地观察我。

在湖畔，我还遇到了一位老朋友——雪松太平鸟。它正在度假，因为这种鸟经常模仿翔食雀的动作，所以有人常常把它误认为翔食雀，它模仿的相似度极高。一个月前，我还在果园中看到它，当时它正在偷吃果园的樱桃。炎热的三伏天，它就会来到溪边或者湖边寻找更好玩的游戏做消遣。在湖边的枯树顶上，它们向四处飞去。它们一会儿在空中画着曲线，盘旋飞行；一会儿腾空而起，直上云天；一会儿又快速俯冲，几乎贴到地面。表演累了，它们就返回树梢上稍事休息，为下一次的嬉戏积蓄力量。

在这里我也见到了松金翅雀，像往常一样，松金翅雀带着那彷徨又有些期待的神情。在湖边，我还看到了我最喜爱的隐士夜鸫，不过在这个时间，它已经不再歌唱，因为它一两周后将飞往南方。在阿迪朗达克山脉，我只看到隐士夜鸫这一种鸫类。在长满山莓、野樱桃的桑福特湖边，我看到过很多隐士夜鸫。不过，我们遇到一个牧童把它们唤作“山鹑”，可能是因为牧童接近时，隐士夜鸫发出的叫声很像山鹑的“咕咕”声吧。

在耐特湖中可以找到许多鲈鱼、翻车鱼的身影，可惜没有鳟鱼。因为耐特湖的水质不是特别清澈，鳟鱼不能在这里生存。我不知道是不是还有其他的鱼类也对生存环境有如此苛刻的要求。不过，想要收获鳟鱼的话，由此向北走大约一千多米，在那里高处的一座池塘里一定会有收获，只是岸边很是陡峭。

寻找传说中荒废的村庄

接下来我们冒雨在荒野中前行，前往约二十千米外的下游铁厂。它坐落在通往长湖的路上，开往长湖需要约一天的车程。这一带人迹罕至，在路上我们只看到几家很大的农场。抵达下游铁厂后，我们找到了一家舒适的旅店，那里布置得很温馨，给我们这群疲倦的旅客提供了庇护和温暖。

在这个地方可以将马西山印第安隘口的北部及其附近山脉的美景尽收眼底，但我们到达的那天下午和第二天早晨，一直浓雾弥漫，完全遮住了美景。不过，午前，一阵大风吹散了云雾，我们看到了此次旅途中最为壮美的风景。离我们约二十四千米远的地方，马西山、麦金泰尔山和戈尔登山，群峰陡立，是阿迪朗达克山脉之王，拥有着动人的景观。风犹如一双巨手揭去了挡在我眼前的面纱，使它生动地展现在我们面前。

这里的鸟类很多，有黑鹂、麻雀、孤滨鹬、加拿大啄木鸟等，最令我吃惊的是这里有众多的蜂鸟，它们成群结队，密密麻麻，叽叽喳喳叫个不停，比我见过的任何一个地方的都要多。

阿迪朗达克炼铁厂早已是过去式了。三十多年前，新泽西的一家公司看中了阿迪朗达克河沿岸的磁铁矿，他们出巨资买了大约二百四十二平方千米的土地，在这里修建公路、建造大坝、兴建炼铁厂。

我们所处的大坝建在哈德逊河上，迫使部分河水逆流重返上游的桑福特湖，形成了一段大约十八千米长浩浩荡荡的水路，可以使大船行驶到上游铁厂，而这铁厂似乎是当时这一地区唯一运作的工厂。在下游铁厂，除了大坝遗址外，我们只能看到长满杂草的土堆。有人告诉我们，这里曾经堆放的是切割整齐的几百积层的木块，用来充当铁厂的燃料。

而上游铁厂附近曾经有一个规模很大的村庄，那是工人们的生活区，如今人去楼空，仅仅剩下了一户人家。

我们现在就是准备前往这个荒废的村庄。沿着河岸向前走五六千米，我们看到了三四个废弃的农场，依靠岸边而建，有一条荒废的原木道，提醒人们注意脚下。一路上我们碰见了几只冠蓝雅、两三只小鹰和披肩榛鸡，还有一只孤旅鸽。在湖的入口处有一座木桥，由于年久失修，桥身已经摇摇晃晃。小心地通过木桥后，我们又途经一些荒废的房屋。令我印象深刻的是，有一房屋房门的门闩早已不知去向，脱落的房门斜靠在门框上。窗户也破损不堪，仅剩的几个窗格，如同幽怨的眼睛。院子和小花园里长满了梯牧草，篱笆早已腐烂。

被遗弃的村庄

在湖的源头，一幢巨大的石头建筑从陡峭的河岸上探出，延伸到公路上。再往前一点儿，便是东边的村庄了。前方远处升起的一缕炊烟告诉我们，目的地快到了。我们不停跋涉，终于在太阳落山的时候抵达了这个被遗弃的村庄。在“汪汪汪”的狗叫声中，一家人全都走出家门，静静地看着我们这群陌生的访客。这一带人迹罕至，所以主人热情地招待了我们。

亨特是这家的主人，他是美国化的爱尔兰人，他的妻子是苏格兰人。他们共有五六个孩子，其中两个女儿都已经成年。她们非常漂亮，在陌生人面前显露出几分羞涩，非常迷人。两人中的姐姐曾去纽约的姑妈家过了一个冬季，因此在陌生人面前显得更加紧张。

亨特住在这里照看这座被遗弃的村庄，使它不至于太过破败而致自然地消失。每天的薪水是一美元。他修建了一座宽敞的木屋，开垦了一片草地和林地，种上许多的庄稼，蓄养了一大群牲畜，过着自给自足的生活。这里距离市场有一百多千米的路程，实在是太远了，亨特通常都是一年去一次位于尚普兰湖畔的市场，采购家庭必需的物品。邮局建在下游铁厂，距离这里将近二十千米，那里的邮件每个星期会来两次。这附近没有医生，没有牧师，也没有律师。在大雪遮蔽原野的漫长冬季，这里甚至不会有一个客人。即使是炎热的夏天，除了偶尔有去印第安隘口和马西山的探险团队造访，也很少有人路过这里。原野每年能生产上百吨的梯牧草干草，但是它们只能随着寒冬腐烂在地里。

入夜后，我们走出房门，行走在满是杂草的街道上。满目的景象奇异而令人伤感，这里的偏远与原始更令人印象深刻。第二天，我们却发现了一处堪称奇观的景象，那就是当时工人们的居住区。这里大约有三十座建筑物，其中大部分是小框架结构的房屋——一扇门、两扇窗，屋前有一座小院子，屋后有花园。在木屋的旁边，我们还看到了一个两层的公寓楼、一个带着圆顶和钟铃的学校，许多棚屋和锻造厂，还有一个锯木厂。在锯木厂中，一大堆已经切割好的原木摆放在那里，只是随着时间的流逝，原木早已经腐烂不堪，拿手杖一捅就穿透。附近一座装满木炭的建筑物大开门户，木炭散落满地。时光悄悄带走了许多东西，曾经热闹的炼铁厂而今只剩下了这断壁残垣。带有钟铃的学校依然在使用，每天，亨特家的一个女儿会把她的弟弟妹妹们集结到这里，读书学习。这个地区的图书馆藏有近一百本可读的书，而且经常被翻阅，已经很旧了。

因为没有社交娱乐，亨特一家人都很喜欢阅读。下游铁厂的邮局托我们带去了带插图的报纸，他们一家人围在一起，一遍遍地阅读着报纸上的信息。

村庄的四周到处都是铁矿石，但是由于冶炼工艺的落后以及一条铁路规划的取消，导致这里的生产成本大大增加，工厂只能被遗弃。毫无疑问，随着科技的进步，在不久的将来，这些障碍将会被克服，这里一定会被重新开发。

目前这真是一个不错的地方。钓鱼、打猎、爬山、漂流都很方便。最关键的是，这里有亨特一家人，能为人们提供舒适的住处。如果吃、住问题不能得到解决，人们又怎能去好好地享受林间乐趣呢？能够解决吃、住的生活问题，人们才能更好地去探险。

湖区漫步

村庄东北约八百米处有一片形状不规则、风景如画的美丽湖泊，叫作亨德森湖，四周被四季常青的黑森林围绕着。它的面积不大，方圆不足一千六百米，它与两三个灰白相间的峭壁相连，是由印第安隘口流出的小溪汇集而成的，清澈见底，湖中生活着很多鳟鱼。

村庄向南步行不到两千米，你可以找到一个面积更为辽阔的湖泊，那是桑福特湖。从湖中向远处眺望，你可以看到印第安隘口的巨大裂缝。其中一侧的峭壁仿佛直通云霄。这个湖中生活着许多白、黄鲈鱼，这些鱼的个头很大，我们经常可以钓到约七千克重的鲈鱼。

这两个湖中都生活着些秋沙鸭和红秋沙鸭，小的野鸭还没有学会飞翔。每次见到野鸭，我们都会划船追赶。可惜我们的船实在太小了，只能安放两支船桨，所以我们从来没有追到过野鸭。不过，每次看到野鸭在湖中游动，我们总是难以集中精力钓鱼、抑制追赶它们的念头。

湖的东面这片地曾被烧毁，现在长着野樱桃和红山莓。那里生活着很多披肩榛鸡和加拿大松鸡。有一次，在短短的一个小时里，我曾经在这里打下了八只加拿大松鸡。因为用光了子弹，第八只松鸡还是我用石子击落的。它受伤后，慌张地在灌木丛下乱窜，我便用一根树杈向灌木丛中捅去，很快它便断了气。

湖区的四周生活着很多旅鸽，也就招来了一只条纹鹰。有一次，一群旅鸽落在沼泽边上的一棵枯树上，我悄悄地走过去，想近距离观察它们。可我还没有走近，旅鸽就迅速飞向了一个小山头，在空中盘旋。这时鹰落在了同一棵枯树上面。我只能退回去，开始思考接下来该走哪条路。这时，那只鹰忽然飞离枯树，迅速向我冲来。我一下子愣住了，不到半分钟，它就已经离我特别近了。顷刻之间，条纹鹰俯冲而来，把我的鼻子当作了目标。来不及多想，我掏出手枪，立刻将它击毙在我的脚下。

在阿迪朗达克山脉的探险中，我们并没有遇到熊、豹、狼等凶猛的野兽。梭罗先生曾经说过："咆哮的荒野几乎很少咆哮，咆哮主要是旅行者自己的想象。"然而亨特说，他虽然没有见过熊，但在冬天的雪地上经常发现熊的脚印。山里应该还会有些鹿，一位老猎人说这里还有只麋鹿呢。

归来的途中，我们在一位拓荒者的家中休息。这位拓荒者对我们讲述了一段他在原野上追逐美洲豹的探险经历。那时，灌木林中的一头美洲豹发现并跟踪了他，他形容美洲豹如何尖叫，他又怎样逃到了船上，掏出步枪，对着闪光处开了一枪，射中豹子的双眼。故事结束时，他的妻子从抽屉中拿出了一个美洲豹的脚指甲，使我们对这个故事深信不疑。

其实，原野探险的重点并非钓鱼、打猎、观看壮观的景色以及白天或夜晚的活动，而是与自然进行原始的交流，这种交流是在我们通过湖泊溪流时对自然母亲脉搏的轻抚，了解她是否健康、是否充满活力。

第四章

鸟　巢

雪松太平鸟筑巢

即使在筑巢时，鸟儿依然是那么警觉。有一天，在林中一片开阔的空地上，我看到一对雪松太平鸟落在一棵枯树上，用嘴从枯树顶上采集一些苔藓，然后迅速地飞离。观察它们飞行的路线，在不远处的野樱桃和山毛榉林中的一棵大树上，我发现了它们刚刚开始修建的巢穴。我悄悄地在树下的灌木丛中隐藏起来，根本顾不上那些工人会随时掉落碎屑或工具砸到我，等待那一对雪松太平鸟归来。不一会儿，熟悉的鸟鸣声传入了我的耳朵，雌鸟飞快地降落在已搭建一半的巢穴中。它一落进巢穴，就发现了躲在灌木丛中的我。雌鸟非常吃惊，立刻逃离了巢穴。过了一会儿，衔着一团羊毛的雄鸟飞回来与雌鸟会合（因为附近有一片绵羊牧场）。两只鸟嘴里衔着它们的“战利品”，在附近的树林中惊恐地盘旋不定，目光始终观察着它们的巢穴但一直不靠近。见状，我立刻离开，躲在了远处的原木后面。其中一只进行了一次试探，它飞落鸟巢，又迅速飞走。然后，两只鸟才一起飞落，又一起飞走。

经过多次的偷窥与试探，它们显然是焦急地商量着，小心翼翼地继续工作。不到半个小时，它们就衔来了能充实整个家的羊毛。很快，一个温馨的巢穴就修建好了，整个巢穴结实而充满希望，就是用针线都无法将其织就得如此天衣无缝。在之后不到一周的时间里，雌鸟开始产卵，先后产下了四枚鸟卵。鸟卵的整体是白色的，上面有些淡淡的紫色斑纹，大的一端有些黑色的斑点。又过了两周的时间，小鸟出生了。

除了美洲金翅雀，这种鸟在春季筑巢时间比其他种类的鸟晚，在美国北部，在七月前，它们很少动工。与美洲金翅雀一样，晚些时间筑巢或许是因为早些时候难以为后代找到适合的食物。

像我们常见的知更鸟、麻雀、蓝鹪鹩等鸟类一样，这种鸟有时将自己的巢穴建在少有人烟的荒野，有时又将巢穴建在人口密集的生活区。我知道一对雪松太平鸟决定在一间房子旁边的苹果树上安家，树枝擦着房子。在筑巢前几天，两只鸟会仔细考察每一根树枝，不停地绕树飞翔，选择最适合的树枝。雌鸟飞在前面，雄鸟跟在后面，很明显这个家庭是妻子拿主意。经过几天的考察，雌鸟选择了靠近房子一侧的高枝，两只鸟在这根树枝上跳来跳去，庆祝着选址完成。过了一会儿，两只鸟离开枝头，开始搬运筑巢用的材料。首选的材料是已经废弃的田地生长的一种类似棉花的植物。巢穴比鸟要大很多，并且非常柔软、舒适，无论从哪方面来看，都是一流的巢穴。

啄木鸟筑巢

有一次，我在森林中漫步（因为我发现读自然的书不能像跑步那样匆忙），几十米外传来了一阵“咚咚”的敲击声，很明显，声音来自于几根杆子。“有人在盖房子。”我自言自语道。根据以往的经验，我猜盖房子的“人”应该是附近枯橡树顶上的一只红头啄木鸟。我小心翼翼地循着声音寻去，在一棵干橡树的顶部，我发现了一个圆洞。圆洞的直径大约有四厘米，树下的草地上撒满了“工人”劳作产生的白色木屑。

我慢慢地走着，但在距离橡树几米远的时候，还是不小心碰到了树枝。细小的声音打乱了啄木鸟敲击的节奏，它从圆洞中伸出红红的脑袋。我立刻站直，一动不动，目不转睛，假装什么都没有看到。但啄木鸟还是放弃了打洞的工作，快速地飞到了邻近树木的枝干上。啄木鸟的听觉多么灵敏呀，它在洞内工作时还能听到外界细微的声响，真令人惊讶！

啄木鸟筑巢的方式都是类似的，它们选择主干或腐朽的树枝，然后在上面凿洞，洞底留下一些细软的木屑，然后将卵产在木屑上。这种巢穴没有什么艺术性可言，但筑造时需要坚硬的嘴巴一点点地凿击，而非技术。然而，这些鸟卵和幼鸟完全可以因为这样的树洞挡住外界的风雨，还能防御松鸦、短嘴鸦、鹰以及猫头鹰等天敌的进攻。

啄木鸟筑巢时通常选择那种内质已经松软的、枯死的树干，自然拥有树洞的树永远不在啄木鸟的考虑之列。它们会先在选中的树干上凿出一个几厘米深、和自己体形相当的圆洞，然后开始向下凿击，扩展洞的范围，深度从二十五厘米、四十厘米增加到五十厘米。啄木鸟还会根据树干的腐朽情况以及雌鸟产卵的迫切性，来确定洞穴的深度。

啄木鸟筑巢都是夫妻俩轮流劳动。其中的一只先凿洞、运木屑，工作十五分钟到二十分钟，然后到更高的树枝上，用清脆的声音呼唤自己的伴侣。不一会儿，它的伴侣就会飞来，飞到靠近它的树枝上。两只鸟在枝头窃窃私语一阵，新来的一只进去工作，另外一只则飞向远方寻觅食物。

几天前，我爬上一棵枯萎的糖枫树顶，想去看看那上面的一窝毛茸茸的啄木鸟。啄木鸟的洞穴直径超过二十五毫米，它的上面有一根水平延伸出来的大枝干，这样的巢既可以遮风挡雨，又能在树干上留下阴影，遮掩洞穴。直到有人出现在一米左右范围内，才会被发现。当我接近鸟巢时，雏鸟们以为是母亲带回了食物，个个兴奋地叫个不停。但当我把手伸进树洞，发出不寻常的震动和窸窣声时，它们立刻屏住呼吸，停止了鸣叫，装作树洞中什么都没有。这是一个大约有二十五厘米深、呈葫芦形的洞，运用精细的技巧，建造得规整匀称。巢壁十分光滑整洁，亮丽如初。

啄木鸟育雏、清理巢穴

在卡茨基尔山支脉的比弗基尔山，一对黄腹啄木鸟在一棵半截的老山毛榉树上喂养子女的画面让我记忆犹新。在我们这里，黄腹啄木鸟非常少见，这是一种非常漂亮但生活习性非常隐蔽的鸟，它的外表仅次于我们这里最漂亮的物种——红头啄木鸟。当时我和两个伙伴前往森林寻找了一整天鳟鱼湖，结果在茫茫的森林中迷路两次。当我们又累又饿地在原木上休息时，听到了叽叽喳喳的幼鸟叫声。这很快引起了我的注意。我向上抬头，看到一对黄腹啄木鸟在空中飞来飞去。我仔细观察，终于在一棵老山毛榉树上发现了啄木鸟的鸟巢。鸟巢洞口位于树干东侧，鸟巢很高，距离地面接近八米。在不到一分钟的时间里，啄木鸟父母啄着虫子，警惕地观察周围的情况，交替钻进圆洞，喂食自己的宝宝。这时，它会迟疑片刻，好像在决定先喂哪只嗷嗷待哺的小家伙。之后，它继续觅食。经过几次喂养，大约半分钟左右，雏鸟吃饱了肚子，便停止了叽叽喳喳的鸣叫。

啄木鸟父母再次飞出了鸟穴，这次它们口中衔的是它们宝宝的粪便。它们伸长脑袋慢慢地飞行，似乎怕弄脏自己的羽毛。等飞到十几米远的地方，它们就会将粪便抛下，然后找一棵长满苔藓的大树，用力地将嘴巴在苔藓上擦来擦去。这似乎就是整天的流程：搬进和搬出。

我在树下观察了它们将近一个小时，而我的两个伙伴一直在寻找返回的道路，根本没有看到啄木鸟父母的喂食细节。而我的内心却产生了许多疑惑：它们的孩子多久喂一次，在黑暗的鸟巢，啄木鸟父母怎么分辨雏鸟，以保证每个孩子都能吃饱，这些问题还有待鸟类学的进一步研究。

这种鸟的做法并不像最初看起来那么罕见，所有陆地鸟类确实都有这样的习惯。不仅仅是啄木鸟，其他在地上挖洞生活的鸟类，如崖沙燕、翠鸟等也都是如此。假如这些鸟不清理掉洞中的粪便，时间会使得粪便腐烂，危及雏鸟的生命。而那些不挖洞，选择在树枝或地面上筑巢的鸟，如知更鸟、雀类、鸦类等，父母也会将雏鸟的粪便衔至远处。假如知更鸟看上去像承担着许多重物一样缓慢飞翔，完全不同于它叼着樱桃或者蠕虫靠近鸟巢时的样子，那么它一定是在做这份工作。群织雀给雏鸟喂完食物，也一定会在鸟巢边仔细观察，以便于第一时间带走粪便。众所周知，这些行为均源于鸟类爱干净的天性，当然这也有遮掩巢穴的目的。当然也有不按这一规则行事的鸟类，如燕子，它们通常都是将自己的粪便排泄到巢穴之外，它们形成了特例，并秘密遵守，与其说是为了隐藏巢穴，不如说是为了使它难以接近。

鸽子、鹰和水禽也都不遵守这个规则。

雌鸟的职责与优势

话说回来，当啄木鸟在它们的巢穴飞进飞出时，我得到了观察它们色彩和斑点的好机会，我发现奥杜邦描写或形容这类雌鸟头部的红色斑点时犯了个错误。我见过许多双宿双飞的啄木鸟，但从未看到有红色斑点的雌鸟。

待雄性啄木鸟的羽毛丰满时，我不情愿地举起猎枪射杀了它。第二天，当我经过啄木鸟的巢穴时，我停了下来，想知道事态会如何发展。我承认，听到幼鸟的哭闹声，看到孤单的雌鸟来去匆匆，忙着照顾失去父亲的孩子时，我的内心充满了愧疚。守寡的雌鸟更加忙碌。有时，它也会在鸟巢边停一会儿，发出一声响亮的叫声。

在哺育雏鸟的季节，无论哪种鸟类的雄鸟不幸死去，雌鸟都会马上另觅配偶。无论在哪片森林里，都有大量没有伴侣的雌鸟或雄鸟，正因为如此，鸟类家庭的结合效率才能如此之高。我记得一个故事，但故事的讲述者是奥杜邦先生还是威尔逊先生，故事的主角是鱼鹰还是鹗，我已经记不清楚了。故事讲述了一对鸟夫妇在老橡树上建造了巢穴。当有人爬上大树企图捕捉雏鸟时，鸟儿的父亲奋不顾身，勇敢地用自己的爪子和嘴巴攻击侵略者。侵略者举起木棍，将雄鸟击落打死。几天过后，雌鸟重新找了一个伴侣，可当危险再次逼近雏鸟时，继父的表现却毫无精神和勇气可言，它逃得飞快，冷漠地在远处盘旋、观看。

我们都知道，无论野生火鸡还是养殖火鸡，在产卵、孵化、养育雏鸟时，雌鸟都是选择独立完成，而雄鸟则会寻找他的同性朋友一起玩耍。深秋来临的时候，火鸡一家人才会团聚在一起。但在这期间，假如有敌人想夺取正在孵化的鸟卵，或伤害它们养育的雏鸟，雌鸟就会立即大声呼喊，雄鸟会立刻赶来参加战斗。

同样的情况也发生在鸭子和其他水禽身上，这种繁殖本能的强大力量，可以使它们战胜大多数的困难。毫无疑问，被我伤害的那只守寡的雌啄木鸟，经过几天短暂的孤独生活后，偶然的机会或是雄鸟的鼓动，它很快就重新找到了伴侣。

而它的新伴侣面对一窝嗷嗷待哺的雏鸟时，也没有什么畏难的表现。

我看到一只漂亮的雄知更鸟在七月中旬仍然追着一只雌知更鸟大献殷勤。我足足看了它们半个小时，能看得出雄鸟是真心的。这个季节，雌鸟已经结过婚了，因此雄鸟的殷勤总是招来雌鸟的白眼。雄鸟并不放弃，而是在雌鸟身边昂首阔步，露出美丽的羽毛，但每隔一段时间，雌鸟仍会用最恶毒的方式对待它。雄鸟不停地围着雌鸟飞翔，说着缠绵的情话，跳到雌鸟周围的树枝上为它歌唱，还不时捉一只虫子送给自己的心上人。雌鸟根本不为所动，还经常恶狠狠地啄它。当外敌入侵的时候，雄鸟总是展现出它的勇敢，击退敌人的进攻。然而它所做的一切，根本没能打动雌鸟，雌鸟还是拒绝了它。

故事的结局我也不知道，因为那只雌鸟似乎厌恶了这种追求，迅速地飞走了。而雄鸟依然不肯放弃，它锲而不舍地跟了上去。然而得出这样的结论并不轻率：雌鸟的坚持仅仅是因为谨慎。

总的说来，女权主义在鸟类的生活中是主流，从雄鸟的立场出发，这也是十分令人钦佩的。在夫妻二人的生活中，雌鸟总是最积极的。从选巢、筑巢到哺育后代，雌鸟总是倾注了最大的热情。一般来说，雌鸟在照顾后代时更加警惕，在遇到威胁时表现得最为焦急。我曾连续几个小时观察一窝蓝色大嘴雀，巢中的小鸟饿得直叫，雌鸟不停地在草地和巢穴之间飞来飞去，捕捉蟋蟀或蚱蜢等昆虫喂养子女。而它们的父亲，那只雄性的蓝色大嘴雀，却悠闲地在枝头歌唱，还时不时炫耀一下它美丽的羽毛。

然而，在善于演唱的大多数鸟中，雄鸟总是有着健美的外形、华美的羽毛以及美妙的歌喉，而雌鸟则朴素许多。这应该是大自然对于雌鸟的恩赐，因为在鸟类繁殖过程中，雌鸟总是担负着更为重要的职责。朴素的羽毛可以使它们更好地隐藏，降低被猎杀的风险。但这种说法并不绝对，因为在有些情况下，雄鸟也会肩负同样的工作。例如，以家鸽为例，每当正午时分，你就会发现巢中由雄鸟看守。我应该说的是，雌鸟暗淡或不起眼的色彩，在任何时候都是自然所赐予它的终生的安全感。因为对鸟类而言，雌鸟的生命比雄鸟的更宝贵。雄鸟不可推卸的责任是短暂的，而雌鸟的责任则会延续几天、几周甚至几个月。

在向北迁徙的过程中，雄鸟会比雌鸟提前八天或十天出发。在秋天返回时，雌鸟和幼鸟会比雄鸟提前同样长的时间。

啄木鸟迁移后，第一个季节之后，它们的巢穴就会被它们的表亲——五十雀、山雀、北美旋木雀等鸟类——占领。这些鸟，特别是旋木雀和五十雀，有着和啄木鸟相似的生活习性，却没有啄木鸟坚硬的嘴巴，所以它们居住的都是二手房。不过它们会认真地装修自己的房子，它们在圆洞中铺上柔软的材料，将自己的卵产在洞中。山雀在洞底排列一小块柔软的毡状垫子，看起来像帽匠的东西，但可能是来自于许多虫子或者毛虫的杰作。在这块舒适的垫子上，雌鸟可以产下六枚白色的卵。

弃巢行为

最近我在一种十分有趣的情景中发现了一种鸟巢。这个鸟巢位于一座荒芜的高山顶部一棵野樱桃树上。灰色古老的岩石散乱地堆积在一起，或者说覆盖在时常有红狐狸出没的道旁。树长得有些让人害怕，那种难以形容的野性，潜藏于所有偏远的山巅。站在那里，我看到一只红尾鹰从山下的农场飞起，跟随着它，我的眼睛掠过树丛、村庄，飞向远山，消失在远方的灰蓝色中。

一对鸟吸引了我的目光。它们嘴中衔着食物，警惕地在空中飞来飞去，看起来遇到了麻烦。它们如此警惕着避免暴露自己的巢穴，甚至避免暴露巢穴所在的树。我偷偷地隐藏在石头后面，观察了一个多小时，也不知道它们到底将巢穴建在了哪里。最终，和我一起前来的男孩非常机智和好奇，隐藏在一块岩石的下面。那块岩石旁边有棵树，我们认为鸟儿最有可能将巢穴建在那里。我站起身快步离开，留下那个小男孩悄悄观察。那是一棵枝杈很多、长满苔藓的矮树，粗看之下，这棵树上没有一根干枯的枝干。可当那个小男孩指给我看时，一根差不多一米长的枯枝出现在我的面前，枯枝上有一个圆洞，鸟儿就藏身其中。

我用力地摇动枝干时，圆洞中的鸟无论老幼都发出了惊恐的叫声。那是一根大约八厘米粗的枯枝，圆洞挖得很深，都快要把枯枝打通了。我用大拇指摁了一下那堵墙，薄薄的树皮就被捅破了。洞中的幼鸟翅膀已经长全，第一次看到外面的世界。其中一只响亮地叫了一声，仿佛在号召兄弟姐妹们赶快飞走。它最先爬出洞口，看着外面精彩的世界，丝毫没有表露出任何惊恐。观察情形后，尽管从未飞翔过，但它仍决定相信自己这双翅膀的力量，能够带它脱离困境。迟疑了片刻，它拍打了两下翅膀，长鸣一声，从鸟巢中飞了出去。其他的鸟紧随其后，一个接一个地爬出来，张开翅膀，开始新生活。每只小鸟在飞走时，都会轻蔑地用它的粪便向这个被遗弃的巢穴致敬。

筑巢选址的奥秘

虽然鸟类的生活习惯和本性通常是不变的，但它们有时也像高级生物一样变化无常。比如，它们筑巢的地点和方式就变幻莫测。在地面安家的有时会跑到灌木上筑巢，而在树上筑巢的有时来到地面上或草丛中安家，真是让人琢磨不透。歌雀本来都是在地上安家，但我们经常在篱笆的孔中看到它们的巢穴。燕子大多在烟囱中筑巢，但也在干草建造的谷仓的椽子下安家，想必是厌烦了那些烟灰和浓烟。我的朋友曾告诉我，在谷仓高处的一根木桩上垂着一根打结的绳子，一对燕子大概喜欢在风中飘荡的感觉，所以将巢穴建在了这根绳子上。它们对这个创意喜爱至极，到了第二年仍然把巢穴搭建在那里。

群织雀或“毛鸟”通常将自己的巢穴建在棚屋下方悬空的一堆干草上，这干草堆原本是透过松散的地板的缝隙滑落下来的。一般它会用六根干草和几根牛尾巴上的长毛松散地绑在苹果树的枝干上，建造自己的巢。羽翼粗硬的燕子经常选择在墙壁上和陈年的石堆中安家，我曾见过知更鸟在相似的位置筑巢。其他鸟则选择在废弃的旧井中筑巢。莺鹪鹩的爱好比较广泛，只要是能钻进去的洞，无论是破靴子还是炮弹壳，都是它们安家的好选择。我曾见过一对执拗的莺鹪鹩将巢选在一个水泵桩顶部，水泵把手的上方有个小孔，它们就从那儿钻进去。水泵使用的频率很高，它们的巢穴经常被摧毁。每次毁坏后，这两个小家伙都不放弃，还在原地重建，就这样竟然重建了二十多次。这个善妒的小坏蛋永远深谋远虑，当它建造的巢穴有两个隔间时，为了躲避好事邻居的打扰，它们往往会将其中一个塞满。

技艺不精的鸟有时会不按习惯行事，而是直接利用那些被主人抛弃的居所。冠蓝鸦经常住在短嘴鸦或者杜鹃丢弃的巢里，懒惰的拟八哥有时把卵随便产在腐朽的树洞中。我听说一只布谷鸟霸占了知更鸟的巢穴，而另一只布谷鸟则逼得冠蓝鸦在外漂泊，居无定所。体形巨大的鹗和苍鹭，它们的巢穴不仅巨大，而且比较松散。拟八哥也经常在这些巢穴的外围随便住下，很多寄生的鸟类也是如此。奥杜邦先生曾经说过，它们像封建贵族官员的家臣。

同一种鸟在南方生长繁殖的通常将鸟巢建得简单，而在北方生长繁殖的通常将巢建得精致。在南方，一些水禽通常将卵随便产在沙滩或者暖和的地面上，而在北方的拉布拉多半岛，这些水禽却会建筑巢穴，并以正常的方式产卵、孵化。佐治亚州的橙腹拟黄鹂通常在树的北面筑巢，而在中部和东部，橙腹拟黄鹂却会选择树的南面或东面筑巢，并且会加固自己的巢穴，使它更加温暖舒适。我曾在南部见过一个用粗糙的芦苇和莎草编织的鸟巢，外观敞亮，看起来像个篮子。

鸟儿筑巢选择的材料并不是唯一的。我曾经看到过知更鸟的巢缺少泥这种材料。它的巢是用长长的黑马鬃围成圆圈，内部铺着一层细黄草，整体呈现出一种神奇的面貌。在另一种环境下，它的巢是用岩石上的苔藓建造而成的。

在同一季节里，为第二窝雏鸟所建的巢一般都是临时搭建的。随着季节的推进，雌鸟所产的卵越来越多，为了应急，鸟巢也就建造得比较草率。这让我想起七月的最后一天，我在一片相当偏远的黑梅地里发现了几个原野春雀的巢穴，相比先前那窝哺育幼鸟的巢穴，这些简陋多了。

日子一天天过去，我去林中散步，发现一只雄靛彩鹀每天都在树林里同一根高枝上快活地歌唱。我好奇地接近它，它立刻停止了歌唱，显得有点儿惊慌，用力摇晃着尾巴，开始高声鸣叫起来。我仔细搜寻附近的灌木丛，终于发现了令它慌张的根源。原来它的鸟巢安置在这里，那是一个厚厚的、紧凑的鸟巢，主要用干树叶和嫩草搭建而成，巢里有一只色彩暗淡的雌鸟正在孵化四只淡蓝色的卵。

令人惊奇的是，鸟儿离开最安全的树顶，而将巢穴建在会有许多凶猛的爬行动物的地面上。在那高高的地方，鸟儿高声歌唱，在离地不足一米的地方，有它的卵或无助的雏鸟。事实上，鸟儿的同类才是鸟儿最危险的敌人，许多体形小的鸟正是基于这一点选择筑巢地点的。

公路两侧的树木也许是鸟儿繁衍后代的好地方。我知道披肩榛鸡在繁殖的季节会从茂密的深林走出，在距离公路不足十步的树根处筑巢。毫无疑问，老鹰、乌鸦、臭鼬、狐狸等动物不容易找到这里。穿过密林和偏僻的小路，我一路上看到韦氏鸫将巢穴建在路边的矮树上，它坐在窝里，离我如此近，以致我一伸手就可以抓住它。而猛禽则对人类警惕许多，它们总是将巢穴建在荒山野外，避免被找到。

我知道，在纽约州内陆的一个地方，每个季节我都能找到一两个石瓦色雪鹀的鸟巢。石瓦色雪鹀通常将鸟巢建在公路旁边的路堤上，那里长满了苔藓。它们的巢穴距离公路如此之近，以致路上响起马车声、行人的脚步声都会打扰正在巢中的鸟儿。待着脚步声或车轮声靠近，鸟儿都会冲出巢穴，飞快地穿过公路，去公路两边的灌木丛中躲藏起来。

寻觅鸟巢

在华盛顿出城的那条宽阔的公路两旁的树丛中，步行不到一千米的路程，还未仔细寻找，我就发现了五种不同鸟的巢穴。而再往远处走，在许多茂密树林里，我却连一个鸟巢都没能发现。

在发现的五种鸟巢中，我对蓝色大嘴雀的巢穴最感兴趣。根据奥杜邦先生在路易斯安那州的观察，这种鸟性格羞涩，惧怕人类，经常生活在偏僻的沼泽和池塘的边缘。可是在这里，在公路边的高大梧桐树上，竟然出现了它的巢穴。它的巢穴很低，就在那棵梧桐树最矮的枝头，它距离地面如此近，以至于人们乘坐马车或骑马时触手可及。这种鸟的巢主要是用报纸碎片和杂草搭建而成的。虽然鸟巢很低，但是巨大的梧桐叶子能将它遮掩起来。我走近鸟巢，发现窝中还有雏鸟。鸟儿的父母对公路上嘈杂的马车声并不计较，但它们对我在树下的闲逛很愤怒。这个鸟巢是什么时候建造的，它们在建造巢穴的时候应该更加警惕吧，我非常好奇。毫无疑问，它们主要是在早上工作，清晨公路上人流稀少。

在市区的一个墓地的矮树丛中，我也发现过一对蓝色大嘴雀的巢穴。雄鸟每天都快乐地歌唱，直到雏鸟准备飞翔。它的歌声急促，并且带着颤音，和靛彩鹀的歌声很相似，只是靛彩鹀的歌声更加强劲有力。其实，这两种鸟不仅歌声相似，色彩、外形和生活习性也非常相似，甚至个头都一样大，想要区别它们，可不是一件容易的事。雌鸟都有着红棕色的羽毛，雏鸟在出生后的第一个季节也是这样。

当然，茂密的原始森林中有很多鸟巢，但是我们很少能找到它们。鸟儿筑巢都选择苔藓、枯叶、细枝等各种普通的、色彩灰暗的材料。借助枝叶的遮掩，鸟巢和周围的环境浑然一体。多么完美的艺术，多么巧妙的隐藏！尽管我们偶尔能看到它们，但不借助鸟的踪迹，人们怎么可能轻易地发现它们呢？

在这个季节，我最近这两周几乎每天都去森林里，却没有发现一个鸟巢。直到有一天，当我放弃寻找，准备告别的时候，却接连看到了几个鸟巢。

茂密的森林中有一棵枯死的树木，当我从这棵树下经过时，一只黑白森莺惊慌地尖叫起来。它在枝头尖锐地鸣叫着，不停地跳来跳去，左右移动，最后恋恋不舍地离开了枯树。在枯树底部的地面上，我发现了藏有三只羽翼渐丰的雏鸟的鸟巢。幼鸟和树皮、树枝等环境的颜色竟然如此接近，它们真是善于隐藏呀。在把它们弄出来之前，我第二次仔细地看了看它们。看到我出现，三只雏鸟颤抖着紧紧地靠在一起。我伸出手，想要抓住它们，它们立刻大叫着、挣扎着逃走了。看到这里，幼鸟的父母几乎向我飞扑过来。这个鸟巢只不过是在厚厚的干树叶上铺了一层干草做成的。

有一次我在茂密的灌木林中散步。我走进一条小路，路旁均生长着高大挺拔的铁杉树，那里有一棵小小的山毛榉或枫树，小树常年不见阳光。我听到了一阵陌生的鸟鸣。我停下来，记下了一串对我来说完全陌生的音调。鸟鸣的声音非常奇特，现在回想起来仍然不能忘怀，仿佛是小羊的叫声。不一会儿，一对孤绿鹃飞了出来。它们在林中飞得很快，很少落在枝头，雄鸟静静地飞翔，雌鸟发出一种奇怪的、柔和的鸣叫声。这是一种如同少女吐露内心情愫的情歌，甜蜜多情，并且表达着孩子般的自信和快乐。

很快，我就发现这两只小鸟开始在我前面几米远的一根低树枝上筑巢。雄鸟先小心翼翼地飞落枝头观察，然后两只小鸟一起工作。雌鸟不时地呼唤着它的爱人："亲爱的，亲爱的。"它的声音节奏明快，满是柔情。鸟巢被悬挂在一根小树枝杈上，孤绿鹃的鸟巢都差不多，鸟巢里面铺满了柔软的地衣，外面用一层层的蛛网包裹。鸟巢没有被刻意隐藏，只是它的颜色和整个灌木林的昏暗色调非常协调，不刻意观察，很难发现。

继续漫无目的地走着，我来到了一块林地，这里高大的树木早已被砍伐干净，只生长了些老巴克皮林区常见的低矮的次生林。当我停在一棵大枫树下时，一只小鸟飞了出来。小鸟飞得很快，似乎是从树底的洞中飞出的。小鸟停在离我几米远的枝头上，开始恐慌地鸣叫。我惊喜地发现，这是一只雌哀地莺。还没有自然学家发现过它们的巢，更别提见到它们的卵了，哪怕是鸟类学家布鲁尔都未曾见过。我感到有一些值得寻找的东西，于是开始仔细地搜寻。我将树根、树底、树干、树枝以及附近所有的灌木丛全都细致地检查了一遍，可是什么也没有找到。由于担心我真的踩到鸟巢上面，我以为应该先走到远处，过一段时间再返回，认真观察鸟儿起飞的位置。

果真，这次返回时，我轻松地发现了鸟巢。距离枫树一米左右的地方，鸟巢就搭在一片距离地面约一米八的茂密的蕨类植物中。鸟巢的体积很大，外面由草秆和干草叶编制而成，巢穴中还铺着一些细长的、褐色的根须。鸟巢中有三枚淡肉色的鸟卵，鸟卵上有均匀细小的斑点。这个巢洞很深，雌鸟可以藏身其中孵卵。

在不远处的大树顶上，我发现了红尾鹰的巢——由一大团细枝围成。几只幼鸟的羽翼已经丰满，它们正在附近练习飞翔。看到我接近巢穴，母鹰立刻愤怒地尖叫着，绕着我盘旋，仿佛想要攻击我。在鸟巢的底部，有一撮毛发和其他难以消化的草甸鼠的毛发。

当我正要离开树林时，我的帽子几乎擦到一只红眼绿鹃的巢穴。这个巢挂在山毛榉低垂树枝的末梢上，像篮子一样随风飘动。我从来没见过一只鸟把巢建在这样的地方。这个巢中有四枚鸟卵，三枚是红颜绿鹃自己的，另一枚个头很大，在巢穴中显得非常突兀，那肯定是褐头牛鹂的卵。三天之后，我再去观察这个鸟巢时，发现巢里已经孵出了三只雏鸟。而那只小褐头牛鹂的体形巨大，至少是其他同伴的四倍，占据了鸟巢的大半空间，另外两只小红眼绿鹃因为被挤压，快要窒息而死了。假如这三只雏鸟一起生长，小红眼绿鹃必定因为挤压和缺少食物而死去。通过毁灭其他物种来确保自己生存，这是大自然中常见的现象。杂草和寄生虫也是入侵者，在这场战争中，那些正直、谨慎的物种总是输掉，大自然似乎一点儿也不关照它们。杂草与寄生虫对它们的影响很可能是致命的，但是，它们才是最后的赢家。

蜂鸟的巢穴在树林中是非常罕见的。蜂鸟的巢像一件艺术品，发现它的快乐仅次于发现鹰巢。我只在两次偶然的机会下见过蜂鸟巢。其中一个被放置在一棵栗树的横枝上，一片绿叶子位于这个巢上方约三十八毫米处，如同一个完整的树冠。当我站在树下时，一只蜂鸟在我身边飞来飞去，目光中充满了愤怒，仿佛在责备我入侵了它的领地。我的目光紧紧地追随它，终于在栗树的横枝上发现了它正在建造的巢穴。我躲藏在近处，心满意足地欣赏着正在工作的小艺术家。筑巢的是一只雌鸟，它一直忙碌着，每隔两三分钟，它就衔来一些絮状物，绕树飞翔，然后迅速飞入巢中，以自己的胸腹为模型，编织自己温馨的家。

在山侧面茂密的森林中，我也发现过一个蜂鸟的巢穴。

我走过一棵大树时，鸟儿被惊起，飞出，它飞行的轨迹吸引了我的注意。经过细致的观察，我幸运地在树叶的缝隙中发现了鸟巢。鸟巢非常小，像树枝上的一个瘤子或赘生物。蜂鸟不同于其他鸟类，它不落在巢上，而是直接飞进去。它的动作迅如闪电，身体像羽毛一样轻巧。两枚洁白的鸟卵藏在巢中，看上去非常脆弱，似乎仅用女人的手指轻轻一碰就会将其碰碎。蜂鸟的孵化需要十天的时间，而雏鸟只需要生长一周就可以飞了。

如蜂鸟的巢一样整齐、对称的，只有灰蓝蚋莺的巢。它们的巢穴通常以同样的方式悬挂在枝头，多多少少低垂下来。灰蓝蚋莺的巢穴很深，里面铺满了柔软舒适的苔藓，除了比蜂鸟的巢穴稍微大点儿，其他几乎与蜂鸟的巢穴是一样的。

筑巢冠军橙腹拟黄鹂

回顾我在森林中见到的巢穴，筑巢冠军应该颁给橙腹拟黄鹂。它的巢穴是唯一完全高悬在枝头上的鸟巢。拟圃鹂的巢穴和它的类似，只是低浅了许多，筑巢的方式更像绿鹃。

高大的树木上那随风摇曳的垂枝，是橙腹拟黄鹂最理想的筑巢地点，它们从来不考虑隐藏自己的巢穴，如果位置高，树枝低垂，它们就无比满足。建造这种鸟巢需要花费很多的时间和超群的技艺，筑巢所需的一种奇特的亚麻状物质似乎很容易寻找。这种巢悬挂在空中，像一个巨大的葫芦。巢壁薄而结实，能够经受住风雨的袭击。巢口和巢壁都选用了马鬃，并且每个边都缝得细致、牢固。

在建筑材料的选择上，橙腹拟黄鹂并不挑拣，任何绳状或线状物都是可选之物。一位女士曾给我讲过这样一个故事：有一天，她在窗前缝补衣服，橙腹拟黄鹂趁她没有留神，迅速从窗口飞入，衔起一束纱线，转身飞向自己正在修建的巢穴。但是那束纱线被缠在了枝头上，鸟儿拼命地想解开，可它越用力，线反而缠得越紧。这位女士拽住那束纱线拉扯了很长时间，只收回了一小部分。后来，那束废弃的纱线就缠在了枝头，随风摇摆。每次从那里走过，她都会怨恨它们，好像在说："那该死的线团真让我心烦。"

宾夕法尼亚州的文森特·伯纳德先生曾经给我寄来一封信，讲述了一个有趣的故事（对他提供给我的其他有趣的故事也一并致谢）。他的一位朋友对橙腹拟黄鹂筑巢充满好奇，在它们筑巢的时候，特意在鸟巢周围安置了一些五颜六色的绒线。鸟儿看到这些绒线后，高兴地采用了它们。在他朋友的精心设计下，鸟儿使用了几乎同等数量且各种色彩明亮的绒线，建筑了一个色彩斑斓的巢穴。这个鸟巢的深度和宽度都异乎寻常，这不禁让人怀疑这样一个精美绝伦的东西是否是机灵的鸟儿编织出来的。

美国最有天赋的鸟类学家纳托尔讲述过另一个故事：

> 我观察到一只雌鸟（黄鹂）将一条三米到三米七的灯芯带回了自己的巢穴。这根长线和其他的一些短线在

它的巢穴旁边悬挂了一个星期，它才把它们分别编织在自己巢穴的侧面。在这期间，其他一些鸟也想使用这段材料，就扯着这些线的末端，忙着编织的鸟儿就会冲出来，愤怒地阻止。

也许我可以再补充一段故事来证明这种鸟的天赋。雌鸟筑巢需要花费一周左右的时间，在这期间，雄鸟不会提供任何的帮助。它虽然也来巢穴，但是基本上都是沉默地在旁边观看。雌鸟会飞往马利筋和木槿杆中撕扯亚麻，拉扯下一段长线后带回巢穴。采集材料时，雌鸟非常忘我，毫不顾忌有三个人正在附近的路上干活儿，许多人正在逛公园。它的勇气和毅力实在令人敬佩。当人类用好奇的目光观察它时，它会发出那种带有责备声的鸣叫，发出“哧，哧，哧”的叫声，仿佛在说：“我这么忙，你们为什么还要打扰我？”

雄鸟安静地站立在枝头，看着忙碌的妻子。我忍不住观察了这只雌鸟一秒钟，这时，林中又飞来了一只雌鸟，两只雌鸟开始了激烈的争吵。吵着吵着，前者开始猛烈地攻击后来的雌鸟，后来的雌鸟常常狡猾地潜到正在筑巢的树上，一场战争爆发了。战争令人愤怒，而又经常爆发。这两只鸟为什么会进行斗争？我回想起有人开枪打死了林中的两只雄鸟，使两只雌鸟变成了寡妇。后来的那只雌鸟大概就是失去伴侣中的一位，不过它赢得了忙碌工作的雌鸟丈夫的好感。因此，它们源于嫉妒的争吵越发明显。

二鸟争夫的故事还在上演。在得到情夫的信任后，在一棵相邻的榆树高处，后来的雌鸟开始修建自己的巢穴，它把一些小嫩枝绑在一起当作巢底。雄鸟每天花费很多的时间陪伴情人，有时甚至帮它筑巢。但它并非完全是个“负心郎”，在一个夜晚，它的爱人唱起了深情的歌曲，似乎想挽回和丈夫的爱情。雄鸟仿佛回忆起了过去的美好时光，也深情地回应起来。正当它们缠绵私语时，后来的雌鸟也加入进来。于是，两只雌鸟开始了一场激烈的战斗。

其中一只雌鸟显得很惊恐，拍打着翅膀，第一只雌鸟是失利者，它好像伤势严重。雄鸟在它们战斗时一直保持中立。这时它终于做出了选择，带着自己的情妇飘然而去。在这个伤心的夜晚，失去丈夫的雌鸟只好孤独地守在巢中。最终，另一种温泉般的关爱化解或结束了雌鸟之间的妒恨。森林中有很多“单身汉”，几天之后，一个单身汉来到这里，这只雌鸟又找到了新的伴侣。和平完全恢复，回到了一夫一妻制的平静、祥和。

选址极端的鸟巢

我不会忘记，在悬崖峭壁之间也常见一些小小的鸟巢——普通绿霸鹟的巢，巢由苔藓建成，里面摆放着四枚白色的鸟卵。在前面所述的所有如此设计、高悬结构的鸟巢中，没有几个像绿霸鹟的巢这样令人心情愉悦。狐狸和狼的巢穴就在附近灰色、沉默的岩石里，但它们的利爪无法触及那一个个小小的“壁龛”，绿霸鹟的苔藓屋就藏身在里面。

在我的视线所及之处，在每一块突起的岩石上都有一个这样的鸟巢。有一次，我沿着一条有鳟鱼活动的溪流上溯，穿过一片苍凉的峡谷。不到两千米的短短路程中，我发现了五个这样的巢穴。它们的位置并不很高，我伸手就可以摸到，然而水貂和臭鼬对这个高度无能为力，而且这个高度足够躲避风雨。

我的家乡有座圆顶山，山上长着许多松树和橡树，围绕着山有一条荒芜陡峭的路。在山前面的一侧，山顶上有一片向前突起的岩石结构，像屋檐一样遮蔽了天空。巨大的岩层足有数米厚，能容纳一人或多人站立，甚至可以自由活动行走。那里有甘洌的清泉、凉爽的空气。地面是松散的石头铺成的，现在被绵羊和狐狸占据，过去曾是印第安人和狼出没的地方。我儿时就喜欢在这里避暑或者避雨。这里永远清新凉爽，我总能找到菲比霸鹟铺满青苔的小巢。这些鸟总要到你快要接近时才飞出鸟巢，停在附近的枝头，摆着尾巴，用焦灼的眼神望着你。

自从欧洲移民开始进入这片土地，菲比霸鹟筑巢也有了些奇特的变化。桥梁、干草棚等人工建筑也成了它们筑巢的选择，在那里，它们经受了各种各样的烦恼和干扰。比起在山中的鸟巢，这些鸟巢体积要更大、更粗糙一些，难道是因为会经常受到人类的干扰？我知道有一个干草棚，一对夫妇连续好几个季节在那里筑巢。在一根支撑地板的杆子下端几厘米的地方排列着三个这样的鸟巢，熟悉的人都知道，它们在这里安家三年了。这种巢的底部是用泥土筑造的，巢身内壁用动物的毛发和羽毛编制而成，外面装饰漂亮的青苔。鸟巢修建得如此漂亮，简直无法比拟，然而令人不解的是鸟儿每个季节都会新建一个鸟巢，却有三窝鸟在新巢中长成。

在鸟类中，绿霸鹟是最优秀的筑巢师。极乐鸟在筑巢方面也值得一提，它们不惜花费时间和材料，精心选用各种柔软的棉纱和毛织物，筑造温暖的巢穴。绿冠绿霸鹟在许多情况下只选用白橡树的花来筑巢。东林绿霸鹟使用苔藓和地衣，在横向的树枝上修建一个整洁、紧凑的窝状巢穴。周围没有一个散落的碎片。鸟儿蹲坐在像篮筐一样的巢上时清晰可见。它自由自在地环顾四周，似乎完全沉浸在安逸中，这是我在其他任何物种中从未见过的。大冠翔食雀在筑巢时常常用到蛇皮，有时会将三四块蛇皮缝在自己的巢中。

最薄、最浅的巢穴恐怕是斑鸠的。它们随便将几根小棍子和稻草搭成巢，鸟卵随时都可能从巢中滚落下来。旅鸽筑巢也很草率，它们的幼鸟经常因掉出巢穴而摔死。在常见的鸟类中，另一个极端的筑巢者是铁锈画眉，它会搜罗大量的材料，足以填满一箩筐。鱼鹰筑巢也很轻率，它们每年都修补巢穴，拼命地向巢穴中添加材料，里面的填充物多得可以装满一马车。

鸟巢中最罕见的应当是鹰巢，因为鹰是鸟类中最稀有的，它的出现都是很偶然的现象。我们看到雄鹰似乎在天空静止不动，其实它早已飘然飞向远方。年少的时候，有一年九月，我曾经看到一只尾部有环纹的鹰，这只灰色的大鸟让我心生敬畏。这只鹰在山中盘旋了两天。当时，一些小牛、一匹两岁的马，还有五六只羊在一条高高的山脊上吃草，不远处有一座房子。第二天，这只暗色的王者就出现在这群牲畜头顶上空。不久，它开始像发现了老鼠一样在空中盘旋。然后，它伸出脚爪慢慢降落在小牛的背上。牧群被吓坏了，四处逃散。后来，这只鹰的胆子越来越大，它俯冲的频率越来越高，牲畜们开始疯狂地撞击栅栏，想冲进房子里避难。这似乎并不是一次致命的进攻，或许是一种让牲畜与小羊分离的谋略。当这只鹰落在旁边的橡树上时，树枝都被它压弯了。这时，主人出现了，他拿着猎枪，开始追赶、射击。这只鹰很快展开翅膀，向南方飞去了。几年后，一月里，另一只鹰途经这里，落在一些动物死尸附近，但仅做片刻停留。

这就是鹰的一个特征。这种鸟出没于两个半球的北部，经常将巢建在高且陡峭的岩石上。一对鹰连续八年在哈德逊河畔一块无法接近的岩石上筑巢。奥杜邦先生曾经记载，在独立战争期间，一队士兵发现了这个鹰巢，其中一名士兵在冒险接近这个鹰巢时险些丢了性命。当时，同伴们用绳子拉着他放他下去够鸟卵或幼鹰。雌鹰发现有人想偷袭自己的巢穴，就愤怒地攻击这个士兵。这个士兵只能拔刀自卫。在搏斗中，他一击扑空，差点儿把系在身上的绳子割断而掉下悬崖。最后，他放弃了捕捉幼鹰的计划，按原先的方法返回了山顶。在这则逸闻中，奥杜邦先生把这种鸟描述为金雕。但我几乎不怀疑威尔逊先生是对的，金雕是一个独特的物种。

根据奥杜邦先生的记述，海雕也是在高高的岩石上筑巢。但威尔逊先生说，在大埃格港附近的一棵大黄松树上，他发现了一个由草秆、树皮、芦苇编织而成的鹰巢。这个鹰巢很大，约一米六高、一米二宽，几乎没有凹面。他还听附近的人说，两只鹰一年四季住在这里，把这里当作家或寄居处已经很多年了。这显然与奥杜邦先生对秃鹰的记载相符。显然双方都有些困惑。

鹰几乎不会搬家，它们长时间使用一个巢，每年或多或少修补一下罢了。很多鸟也是如此。就鸟巢而言，鸟儿可以分为五种：第一种简单修补，使用往年的巢穴，比如，鹪鹩、燕子、蓝鸲、大冠翔食雀、猫头鹰、鱼鹰、鹰等；第二种每年都筑新巢但却总在一个巢中哺育雏鸟，菲比霸鹟就是最典型的代表；第三种每次产卵、孵化小鸟都要筑造新巢，这种鸟在自然界中是最多的；第四种是一部分鸟类，它们不修建巢穴，而是使用其他鸟的弃巢；第五种根本不筑巢，而是将卵随便产在沙地上，水禽大多如此。因此，普通的海鸥在长岛南海岸的沙洲或其他沙洲上大量繁殖。它们在沙地上整理出一个小凹痕，将卵产在里面，老鸟就走了。在适当的时候，鸟卵被温暖的太阳孵化，而这些小动物会自行长大、繁衍后代。七月，不计其数、不同年龄和体形的动物，成群地聚集在这些荒僻的沙地上。当海浪滚滚而来时，它们冲到海滩上，捡食海生谷蛋白，然后赶紧回去，避免下一波碎浪。

第五章

春天到华盛顿看鸟

一八六三年的秋天，我来到了华盛顿。每年只有在夏季的时候，我才会回纽约内陆居住一个月，其余时间一直居住在这里。

刚刚来到华盛顿的那天，我便发现了一件自然史上新奇有趣的事情。我在城北的森林中散步，发现一只巨大的蚱蜢在树间突然飞起，而后落在一棵树上。它飞得如此迅速，像鸟儿一样。我想我已经找到它的老窝，我感觉它就是蚱蜢世界的领袖。每年的秋季，森林中都能看到几只这样的大蚱蜢。这只蚱蜢长约八厘米，背上有灰色的花纹，很令人厌恶。

不过，华盛顿的秋天是我最喜欢的季节。这是大自然的恩赐，温暖的阳光照射大地，万物呈现出一种生机勃勃的姿态，这个状态一直能持续到十一月。即使是冬天，天气也很暖和，气温很少降到零度以下，大地并不会因为寒冷而显出凋零之态。在可以躲避风雨的角落里，绿色依然在大地之上展现着自己的风姿。

这里一年四季都盛开着野花。腊月属于盛开的紫罗兰；一月属于怒放的北美茜草（生长在冻土之中）；二月属于沿路或在荒地里开放的肉眼很难看见的小野花；三月青蛙鸣叫时，地钱也绽开了花蕾；四月是杏花开放的季节；五月则属于洁白的苹果花。八月的时候，母鸡准备孵化第三窝宝宝。我家一只三月出生的小母鸡已经组成了家庭。我们的日历是根据气候而制定的。

漫步于原始森林

三月是春天的开始，一般情况下，三月的前八天或十天，大自然就会出现奇妙惊人的变化。不过，一八六八年的春天来得比往年略晚一些，直到第十天，明显的变化才开始发生。

郊外的雾霭中，太阳缓缓地升起，温暖着大地。在一两个小时里，天空中一片寂静，只有低鸣的歌唱。这是唤醒黎明的鸣啼。树木带着期许的目光，荒野上，歌雀低沉的吟唱打破了黎明的寂静，我的老朋友的歌声还是如此地亲切动人。不久，大合唱就开始了，温柔、悦耳，充满真正的喜悦。蓝鸲的颤音、知更鸟的呼唤、雪鹀和草地鹨洪亮的啼鸣组成了清晨的大合唱。在田野上，一只兀鹰低飞着，而后伸展着翅膀直至稳稳地落在篱笆桩上。

多么美好、温暖的一天。因积雪而泥泞的道路早已变干，看起来很好走。我独自穿行于默里迪恩山，迎面吹来了和煦的春风。牛群哞哞地叫着，用渴望的眼神注视着远方。我十分同情它们，因为每到春天，久违的游牧者的本性被唤醒，我十分渴望出发。

在行进的途中，我听到了金翅啄木鸟的叫声，就像我在北部听到的一样。稍作停顿，它又开始重复鸣叫着，还有什么能比鸟鸣更受欢迎的呢？它们完全属于自己的世界。

不同于北部那些繁华的商业城市，华盛顿的周围还保留着很多真正的原始森林。越过华盛顿市区的边界，在乡间步行十分钟，就能感受原始粗犷的自然气息。这座城市没有超越界线，本真的自然来到它面前，甚至在某些地区已经跨进了界线。

不久，我抵达森林里。这里一片寂静，似乎所有的生物都在沉睡，但空气中氤氲着一种生命的躁动。短嘴鸦或在鸣叫，或在褐色的田间走动。我眺望着灰色、寂静的树木，但它们仍然没有动静。在一个小小的池塘边，桤树上的葇荑花静静开放；树叶下的地钱在阳面山坡上发芽。但春水已经来了，青蛙的叫声传来了，每一片沼泽地、每一个池塘都传来它们尖锐却悦耳的合唱。我来到池塘边，在浅水区发现了一团蛙卵。我用手捧起这大块冰凉的胶状体。在某些地方，它们会大量出现。同行的一位年轻人非常惊讶，他询问我能不能把它做成美味的午餐，或者替代鸡蛋。这是黏糊糊的、像果冻一样透明的胶状物，呈淡淡的乳白色，里面充满了黑色的斑点，那些斑点像鸟的眼睛一样大小。这些斑点经过八天左右的孵化，会吸收周围的胶质，变成一群小蝌蚪。

在华盛顿，商店还未想好如何陈列春装时，街旁的白杨已经悄悄带来了春天的气息。阳春三月，你抬起头，会突然发现树上有变化。如果天气持续温暖，奇迹就会发生。所有的白杨枝头都垂挂着穗状的、毛茸茸的杨花，但却看不到绿叶。四月的第一周，这些长长的像毛毛虫一样的杨花就会遍及大街小巷和壕沟。

短嘴鸦和兀鹰

春天到来的标志之一是短嘴鸦和兀鹰。它们大量出现在城市的周围，繁衍后代，胆子很大，为所欲为。在冬天，虽然这里生活着很多短嘴鸦，但它们集体从弗吉尼亚森林的冬季营地飞来时才会引起人们的关注。清晨，伴随着初生的朝阳，人们便会发现它们的身影在天空中向东飞去。它们有时聚在一起，遮天蔽日，有时三三两两，松松散散，全部朝向一个目标——马里兰东部的海域。太阳落山时，它们开始归巢，以相同的方式返回城东波托马克河畔的森林。春天，这种集体活动取消了，群聚地被抛弃，鸟群开始分散于华盛顿的各地。

人们通常会认为，当食物稀缺时，分散组合和更大范围的分布会使鸟儿得到更大的生存空间，毕竟集体挤在一起，大家都会被饿死。可实际上，在寒冷的冬季，鸟儿只能在河畔、湖畔以及海边这些固定区域才能找到食物。

哈德逊河畔的纽堡北部也生存着大量的短嘴鸦，它们也采取相同的方式活动，清晨前往南方觅食，黄昏返回故巢。当冬季的狂风袭来时，它们不得不躲在山丘里，抱成一团。经常有调皮的孩子带着石子埋伏在树后，等待着攻击短嘴鸦，落队的短嘴鸦通常在黄昏时分才能赶上大部队，长途的飞行和大风的袭击经常使短嘴鸦筋疲力尽，在大风天气起飞会消耗更多的体力。

春天来了，兀鹰在华盛顿天空四处飞翔。它们时而快乐地翱翔在几十米高的天空，时而在常见的开放的地面上空徘徊，争夺地面狗、猪或禽类的尸体；有时五六只围在动物尸体的旁边，拍打着灰色的大翅膀，相互威吓，互相追逐，或许只有一两只在专心吃食。

兀鹰有宽大的翅膀，它们稍微摆动翅膀就可以飞向天空。它们在空中长行的姿态和红尾鹰很相似，令人赏心悦目。它们飞翔时很平静自如，它们和鹰一样擅长螺旋式上升，除了在体积与颜色上有所不同，两者在羽翼的形状和功能上几乎完全相同。人们常会发现十几只兀鹰一起在高空盘旋，这是它们的娱乐方式。

兀鹰不如鹰那么活跃、机警。它们不会利用羽翼在空中悬停，从不俯冲和翻腾，也不直接攻击猎物。但在自然界中，兀鹰似乎没有敌人。短嘴鸦有时会挑战鹰，极乐鸟和拟八哥有时也会和短嘴鸦发生口角。兀鹰不会引起其他鸟的敌意，因为它从不骚扰其他鸟。短嘴鸦与鹰的恩怨已久，因为鹰抢占它的巢，还夺走它的子女。但没有一只鸟会把兀鹰当作敌人，因为它喜欢腐烂的肉，从来不攻击活的动物。

五月来临时，短嘴鸦和兀鹰忽然从天空消失了，或许已经飞往海岸附近的繁殖地了。雄鸟是和雌鸟告别，独自前往了吗？七月的时候，在距离华盛顿边界不到两千米远的石溪林边，我发现了许多兀鹰。这些兀鹰没有巢穴，而是栖息在树上，可能它们都是雄鸟吧。

那一次，我去森林观察松鼠的巢，由于一些意外而在林中耽误了些时间。太阳要下山时，几只兀鹰断断续续地飞到了林中，降落在我附近的树上。过了一会儿，从同一个方向飞来了大量的兀鹰，在树林中飞来飞去，停落在半空中的大树枝上。它们拍打着翅膀，鼻腔中发出一种奇怪的声音，很像牛倒地时发出的声音。这是唯一一次我听到它们发出声音。然后它们像火鸡一样伸展着四肢，开始在大树枝上漫步。有时几只兀鹰会踩在同一根枯枝上。枯枝很快断裂了，它们就展开翅膀，重新选择阵地。天逐渐变黑了，兀鹰的数量仍在增加，很快，我身边所有的树上都是兀鹰。我待在原地，一动不动，心中有点儿紧张。

天完全黑了，周围静了下来，我点着了些身边的枯叶，想观察兀鹰是不是畏惧火焰。开始的时候，兀鹰一点儿反应都没有。但当火焰越燃越旺，腾空而起时，兀鹰立刻被惊吓得飞了起来。森林中一片混乱，到处充斥着噪声，就像树都要倒在我身上一样。不一会儿，森林又恢复了平静，那些兀鹰都已经飞走了。

零星的观鸟日记

大约是六月一日，我看到许多兀鹰在波托马克河的大瀑布周围飞翔。二月的冬天，我曾经在那里观察过鸟类的生活，并且把这段经历写进了二月四日的日记：

> 在树林和山间做了一次远足。从国会大厦向北走了大约四千米。这里天气寒冷，满目荒凉。在城郊分散的爱尔兰人和黑人小木屋之间，突然出现一群鸟，像北方的雪鹀那样，到处寻找食物。有时，它们会发出凄厉的鸣叫声，表达不满。这就证明这种鸟是角百灵，这是我第一次看到它们。它们走路的样子像百灵一样，个头比麻雀略微大些，它们有着白白的腹部，一个黑色的斑点

点缀在胸前。

看到我慢慢走近，那些鸟停下了脚步，用疑惑的目光盯着我。我的手臂一伸，它们立刻被吓得展翅飞走了，那飞行的姿态真的和雪鹀一模一样，露出了更多的白色。

（从那之后，我经常在二月和三月见到角百灵，因为市场上经常有被人类猎杀的角百灵出售。有一次天降大雪，很多角百灵都来到城中市场大花园的杂草丛中寻觅食物。）

沿着山路继续前进，景色开始变得美丽。台伯河东支流的一条小溪边，生长着苍翠茂盛的灌木和荆棘。麻雀四处跳来跳去，飞来飞去。我沿着小溪向下游散步，满目是活蹦乱跳的鸟儿。在边界外的松林中，我看到一群灰色的北美金翅雀啄食松果。而一只金冠戴菊鸟也混在北美金翅雀中间，身披灰色的毛，跟着它们蹦蹦跳跳，很是忙碌。难道它也想品尝一下美味的松果吗？继续向前，在温暖隐蔽的河畔林地中，又看见许多的雀类，如狐雀、白喉雀、白冠雀、加拿大雀、歌雀、沼泽雀等，都在温暖而受庇护的边界活动。最令人惊喜的是，红眼雀、黄腰林莺、紫朱雀、卡罗苇鹪鹩和北美旋木雀也在这里。再往高处走，越来越寒冷，我就什么鸟也看不到了。

太阳落山时，我踏上了返回城市的道路，在经过一座可以俯瞰城市的山丘时，走在东腰上，我发现了许多草雀和黄昏雀。这两种鸟是我儿时与父亲农场生活时的记忆，这些鸟有时在我周围自由地走动，有时偷偷潜藏在低矮的草丛中，就和我记忆中的老朋友一样。

过了一个月，三月四日，我又来到这里，并且记下了我的经历。

见证了林肯总统第二次令人难忘的就职典礼后，我开始了这个季节的第一次远足。下午天空晴朗，春光和煦，尽管风声像狮吼一样在树林中呼啸，但毕竟春天已经来临。令我感到惊讶的是，在距离白宫三千多米远的地方，我看到了一个砍柴的农夫。他是如此专注，就像没有总统就职这回事一样。在一棵老树中空的洞中，我看到了一窝小狗，农夫告诉我，这些小狗都是一只野狗的孩子。我立刻想起在路过岩溪时看到对岸有一只野狗，它看起来满怀悲伤与恐惧，来回奔跑，不停地哀嚎，望着湍急的溪水，不敢跨越。今天是愉快的一天。我第一次听到加拿大雀鸟的歌声，那歌声柔和动听，几乎像颤音；遇到了一只翅膀镶着金边的黑色小蝴蝶；在堤岸边看到两株北美茜草的花盛开；我还发现一只青蛙在松溪边静静地产卵，听见雨蛙在鸣叫。

拟八哥

春天来了，拟八哥就是最先出现的鸟类中的一员，通常会在三月一日之后到来。它们在树林和公园成群结队出现，有时降落在树梢上，有时飞向天空，有时降落到地面上寻觅食物，当它们在地面上四处走动时，它们身上那油亮的黑大衣在阳光下闪闪发光。显然，在这个季节里，拟八哥的心中酝酿着一首美好的歌，却不能如愿地歌唱出来。它的歌声听起来就像得了重感冒一样。但在春意盎然的午后，它们集体的演唱远远从天边传来，很是悦耳，噼里啪啦的，带有一种喜悦的节奏，对于耳朵而言，也算是一种刺激。

拟八哥占领了整个城市的公园和草地，尤其是白宫的树丛。这里的拟八哥很多，它们从小在这里长大，并且始终和其他的鸟类抢夺地盘。有一天，一个物体突然撞到财政部西楼一个办公室的玻璃，引起了人们的注意。白宫的雇员抬头去看，拟八哥在距离窗口一米左右的空中悬着，一只紫朱雀正在宽阔的窗台上抽搐，明显要断气了。大家立刻明白了，紫朱雀被拟八哥追赶得走投无路，想逃进楼中避难，却没想到一头撞死在厚厚的玻璃上。拟八哥显然也没有意料到这个结局，停留了片刻，仿佛知道发生了什么事，然后飞走了。

（鸟类在面对天敌的死亡威胁时，有时会来到人类跟前躲避危险，这是很常见的事。有一次，我在乡下居住。十月的一天中午，我回到家中，一打开卧室就发现一只鹌鹑躲在我的床上。看到我到来，那只受到惊吓的鸟立刻通过开着的窗户飞走了。毫无疑问，它是为了躲避一只鹰的追赶而飞进来的。）

拟八哥和短嘴鸦一样，天性非常狡猾。白宫财政部大楼院子里绿树环绕，中间修建了一座喷泉。到了仲夏，胆大的拟八哥纷纷飞进这座院子，旁边楼上的雇员有时也会投些食物来喂养它们，算是对它们胆大的回报。有些面包又干又硬，难以下咽，拟八哥会将这些面包丢进水中，等到面包变软，再捞起来吃。

拟八哥筑巢选用粗糙的树枝和泥巴，这个繁重的工作主要由雌鸟来完成。接连几天的早上，太阳刚刚升起，我在花园中除草，一对拟八哥始终在我的头顶飞来飞去，总是飞向远处的一片沼泽，然后又返回并消失在花园周围的树丛中。雌鸟口中衔着泥巴和树枝，雄鸟则什么都不带，轻松地飞在妻子的前面，像护卫一样，并时不时发出沙哑的鸣叫声。我从地上捡起一个土块，扔向天空中的这对拟八哥。受惊的雌鸟立刻丢下材料，和雄鸟一起逃走了。过了一段时间，它们来到我的花园偷吃樱桃，大概是对我的报复吧！

众鸟云集华盛顿

不过，这里如同北部一样，樱桃最调皮的敌人是雪松太平鸟，或者称为“樱桃鸟”。它们的侦察十分迅速，樱桃还没有长出，它们就已在樱桃树旁边徘徊，机警而谨慎。它们三五成群地在空中盘旋，发出美妙的声音，有时迅速地隐身在樱桃树旁边的树丛中。日复一日，它们距离樱桃树越来越近，看着树上的果子越来越多。当樱桃向阳的那一面逐渐变成红色时，雪松太平鸟就会在第一时间冲上去，在果实的表面留下密密麻麻啄食的痕迹。最开始时，它们悄悄地接近樱桃树，从房屋的侧面转身，迅速地藏身到树枝中间。而大群的雪松太平鸟则躲在不远处的树荫中。昏暗的清晨和阴雨天是它们出击的最好时机。

随着成熟的樱桃越来越多，鸟儿的胆子也变得越来越大，它们开始密集地落在树上，啄食树上的每一颗樱桃。你不得不扔草团来驱赶它们，甚至捡起石块用力地砸向它们，才能保护你的果实。到了六月，雪松太平鸟开始向北部迁移，去寻找新成熟的樱桃。七月来临时，它们会寻觅果园和雪松林，开始筑巢安家。

在这里的夏季常住民（也许可以称为城市居民，因为它们在城市里的数量较大）中，我们见到最多的鸟是黄林莺或者夏金翅雀。它大约在四月中旬到来，似乎特别喜欢银白杨。每天在各个街道都可以听到它尖细的啼鸣。筑巢时节，雌鸟每天悄悄溜进人家的院子，啄晾衣绳，采集一丝半缕的丝线编制鸟巢。

燕子从四月第一天到四月中旬陆续来到华盛顿，一路上叽叽喳喳的，新英格兰的每一个男孩都十分熟悉它们的叫声。家燕的鸣叫声最先响起，一两天后叽叽喳喳的崖燕也会飞回来，不甘落后的雨燕，或者是烟囱雨燕，也纷纷飞来，整个季节，它们都在这里栖息。紫岩燕也会在四月露面，然后等到七八月再拖家带口地返回南方。

首都坐落在树木繁茂、充满野性或开垦较少的地区，疆域辽阔，有许多公园和政府用地，随着季节的变化，这里吸引了各种各样的鸟。白颊林莺、棕榈林莺和栗胁林莺这些珍贵的鸟，在迁徙的路途中，总会选择华盛顿做暂时的休整，寻觅食物，补充体力。

我在紧邻白宫的树丛中听到过韦氏鸫的歌声。四月一个飘雨的清晨，六点左右，它来了，在花园里的一棵梨树上吹起它那柔和圆润的长笛。这歌声像我六月在北方森林中听到的那样甜美，充满野性。一两天后，在同一棵梨树上，我第一次听到红冠鹪鹩或红冠戴菊的歌声——带着鹪鹩属共有的节奏，如流水潺潺，比其他物种的歌声更美妙。它的歌声由细转高，形成一种完整的连续的颤音，整体上讲，极为悦耳，这位歌声像蜜蜂一样忙忙碌碌，一边歌唱，一边捕食昆虫。毫无疑问，奥杜邦在拉布拉多的荒野第一次听到它的叫声时，对它的赞誉一点儿都不过分。戴菊的歌声和鹪鹩的歌声具有相似的特征。

华盛顿的广场面积很大，到处都是不同品种的参天大树，许多鸟都被吸引过来。财政部大楼后面有个宽阔的广场，那里阳光充沛、树木茂密，能遮风避雨又便于藏身。初春时节，知更鸟、灰猫嘲鸫、拟八哥和鹪鹩会在这里举办欢庆春天的音乐会。到了三月，白喉雀和白冠雀现身了，它们在花坛里跳来跳去，或在常青树上若隐若现，好奇地向外张望。

知更鸟更加放肆，它们在草地上自由地蹦跳，无视“禁止踩踏”的警告牌。尤其是在日落时分，从树顶上不时地传来知更鸟响亮的发自肺腑的歌声。

整个春天，极乐鸟和拟圃鹂都会生活在华盛顿，并且在树顶上繁衍生息。午前在那里可以听到拟圃鹂那富于变化、喋喋不休的歌声。有些鸟的歌声，像红衣主教雀的一样，强劲有力，充满激情。这是拟圃鹂、唐纳雀、大嘴雀歌声都具有的特点。而其他鸟的歌声，就像一些鸫类鸟的一样，沉静、平和，始终使人联想到蓝天。

二月的时候，热情奔放、圆润动听的口哨声会在史密森学会的场地上响起。这是狐雀的演唱，这是我听过的最动听的雀音。

五月，一种奇异而迷人的歌声会在这里响起。你在柔和的晨光中行走，刺歌雀的歌声会突然从某个神秘的角落响起。这是一群刺歌雀的合唱，一阵简短、滑稽、和谐的歌声突然响彻天地，又戛然而止，似乎这声音离你很遥远一样，让人沉迷。之后你会发现声音来自天空，一群鸟正飞向北方。它们仿佛从草原飞来，还带着青草的芬芳并歌唱着希望之歌的片段。

刺歌雀并不在这里安家，它们只是途经此地，白天在城北的草地上寻找食物。有的年份，春天来得稍微晚一点儿，刺歌雀会在此地短暂地居住一周多的时间，无拘无束地唱歌。它们有时聚在一起，在地面搜寻食物；有时在空中飞翔；有时在树梢停留，唱着甜美的歌曲，歌声回荡在整个华盛顿的上空。

它们继续在城中穿过，白天在城市休整，晚上出发，一直到五月中旬，才会看不到它们的身影。九月的时候，随着队伍不断壮大，它们开始返回南方。我第一次听到它们夜间返回时的啼鸣。一天晚上，有些许声音十分引人注意。我在午夜时分醒来，躺在床上，透过打开的窗户，听到它们微弱的声音，莺类也是在这个时间踏上归途，会发出胆怯的“扑斯”声，从而可以确定它们的身份。在漆黑的夜晚，鸟儿似乎被城市闪烁的霓虹所迷惑，明显地在上方徘徊。

春天，同样的小插曲还会不断发生，但却不能很准确地通过声音分辨出是哪种鸟。我只是能分辨出雪鹀、刺歌雀和莺的鸣叫。当然，五月初的时候，接连两个晚上，我很清楚地听到了滨鹬的鸣叫。

六月的时候，同样在这片草地上，除了刺歌雀，我还看到了黑喉鹀。它们和雀类同族，虽然没有天赋，却执着于歌唱事业。在路边的篱笆或树丛中，它们翘着尾巴高声歌唱，发出类似于“飞斯普”的声音，像其他初夏时节的鸟一样，虽然天赋上略有缺憾，但歌声一样有魅力。

溪畔观花

离开市区，对于漫游者和户外爱好者来说，岩溪是散步探险的最好选择。那里水流湍急，发源于马里兰州的中部，最终注入华盛顿和乔治敦之间的波托马克河。华盛顿这段不到十千米的水路，景色迷人。溪水会流入深深的溪谷，时而流经峭壁陡立、林木众多的幽深峡谷，时而在一片漫长、幽暗的河段缓步，而后又湍急而下，来个急转弯，或流经一段多石的河床。在它奔流的过程中，很多各具特色的小溪注入其中，水流左冲右突，开拓疆域，塑造出一派令人愉悦、粗犷、险峻的景象。在整个美国，很少有城市可以使人在城市周围欣赏到在遥远的森林和山野中才能寻到的壮丽景象，假如政府稍微加以规划、设计，从乔治敦延伸到克里斯特尔斯普林斯——距离现在国务院三千米左右的地方，可以变成一个令人惊叹的户外公园。两点之间这种荒凉粗犷的景象，显然远离文明，我们只能在哈德逊河和特拉华河源头的原始地带才能见到。

松溪是岩溪的一条支流。这条喧闹的小溪流经一座壮美如画的山谷，两岸长满了橡树、栗树和山毛榉，溪水在树木的阴影中流向更深幽处。

我一定不能忘记描绘整个地区众多的泉水，它们都是偏远区域的中心，或者是一两百米深长山谷的一头。穿过山谷，人们可以看到奔腾不息的溪流或溪流的潺潺水声。

比起其他地区，我更频繁地到这里漫步。这里的很多男孩也在星期日到这里来，玩水、嬉戏，释放天真烂漫的本性。水边的生物物种非常丰富。繁茂的植物养活了大量的昆虫，昆虫又把鸟儿引来。五月的第一周，在温暖的阳光照耀下，我常在南面山坡上找到开花的地钱，尽管它还不到三厘米高。在溪水边，臭菘破土而出，这个时节，它的花先露面，仿佛大自然安排错了。

直到四月初，人们才能在这里看到许多野花。地钱、银莲花、虎耳草、杨梅、北美茜草、血根草悄然开放。再过一周，春艳花、水芹、紫罗兰、矮毛茛、大巢菜、紫堇、委陵菜也逐渐开放。这些花朵基本涵盖了四月鲜花的种类，在岩溪和松溪的任何一个地方，你都可以看到。

在每一座山谷、每一条小溪边，都有一些物种占据优势。我总能知道第一簇地钱在何处生长，知道最壮观美丽的地钱生长在哪里。在这片流域有这样一个向阳的山坡，那里气候干燥，遍布乱石，树木较少，却生长着大片的鸟足紫罗兰，而在临近地区却很少见。我在北方从未见过这种花，它美艳夺目，完全值得造访这里的人对它的赞誉。它们一簇簇地生长，很像花园中的三色堇，紫色天鹅绒质感的花瓣如同披风一样。

还是在这片山坡上，五月的时光是属于羽扇豆或日晷花的。眺目远望，蓝色的日晷花仿佛给大地镶上了一条耀眼的蓝边。在山坡的北面，四月的上半月属于杨梅，到处飘着淡淡的杨梅花的香味。继续漫步，在一条小溪的下面，曼陀罗花在地面上留下小伞似的影子。这种花在四月一日时露出新芽，但直到五月一日才开花。一株曼陀罗只开一朵白色、蜡状的花，这种花有一种甜蜜得过分的气味，盛开在宽大的叶子下面。在同一条溪边，还可以看见水芹和宾夕法尼亚银莲花及林银莲花。在岩溪树林的山脚下，血根草茂密地生长着。风拨开了它身上覆盖的枯叶，与地钱一起露面。大自然就是如此神奇，初春一点点的暖意就能使这些花朵盛开，仿佛它们早已在地下约好，当温暖的气流吹来时，植物便冒出新芽。当一周中还有两三天处于霜冻期的时候，我就发现了血根草，知道至少有三种花被埋在二十厘米厚的雪中。

春美草是岩溪一带另一种常见的花朵，与好多花相似，它们一串串地盛开，即使喜欢的紫罗兰和杨梅已经盛开，但你仍然会被春美草所吸引。它们遍地都是，以至于你很难找到落脚的地方。上午的时候，漫步森林的人会看到它们美丽的容颜，到了下午晚些时候，它们会闭上花瓣，漂亮的头会低下，仿佛陷入沉睡之中。在同一个地方，我还发现了黄色的拖鞋兰。这一带遍地都是北美茜草。四月初的时候，在原野和树林的交界处以及温暖潮湿的地方，北美茜草开始自由地盛开。到了五月，它们开得更加艳丽，整个原野都会被它们占领。在宽阔的公路上便可望见原野上的它们，它们看起来就像紧贴着大地的一层薄雾。

岩溪听鸟

五月一日，我去岩溪或松溪地带听棕林鸫唱歌。我总是能在这个时间听到它骄傲的歌声。在更早的一段时间里，我有时会听到韦氏鸫、绿背鸫、隐士夜鸫等鸫类鸟的演唱，韦氏鸫的歌声美妙动人，绿背鸫和隐士夜鸫的歌声使人沉静。

五月初，我偶然发现森林里到处都是莺类。它们在树丛中跳跃，从最高的郁金香到最矮的香灌木，搜索着每一根枝条和每一片叶子，为自己漫长的旅途补充食物。晚上，它们开始踏上漫漫征程。而北森莺、栗胸林莺和布莱克伯恩莺这些鸟在这短暂的逗留时间里会一展歌喉，仿佛自己在家乡一样。有那么两三年，我都会在一片高大的橡树林中看见一群栗胸林莺觅食，它们在枝头歌唱，动作很缓慢，显然要稍作停留。

夏季在这里生活的鸟里莺类是很少的。我只在林中发现了黑白林莺、黄腹地莺、食虫莺、红尾鸲和蚋莺这几种。

在这些莺类中，最有趣的就是黄腹地莺了，只是它们极其罕见。我是在树林里潮湿的洼地上见到的，它们通常出现在溪边的小陡坡上。我不时地听到一声清脆悦耳宛如铃声的鸣唱，随即看到一只鸟从地上迅速跃起，跳到树叶的背面捕捉虫子。这是黄腹地莺的招牌动作。它属于地面鸣禽类。它们的生活区域很低，比我知道的其他种类鸟的活动区域都低。黄腹地莺几乎一直在地面上活动，移动速度特别快，捕捉蜘蛛或小虫子，翻转树叶，在树枝和地面缝隙间搜索，不时地上蹿二十多厘米，在垂着的树枝或树叶背面搜寻猎物。因此，每个物种或多或少都有自己的活动区域。地面不到一米高的区域属于黄腹地莺的捕食范围。而离地两米左右的区域属于食虫莺、哀地鸾、马里兰黄喉林莺。而高大树木的低枝和矮木的高枝显然是属于黑喉蓝林莺的，在这些地方总能找到它。鸫类大都在地面觅食，绿鹃和翔食雀则喜欢在高处觅食，莺类唯独偏爱茂密的树丛。

黄腹地莺在莺类中属于个头大的，外表十分显眼。它们的背部呈橄榄绿色，颈部和胸部呈黄色，脸颊上的黑色条纹一直延伸到颈部，这是这个物种最为突出的一个特征。

这里另一种常见的鸟是蚋莺，但我在北方从未见过，奥杜邦先生称它为灰蓝翔食莺。它长得很像灰猫嘲鸫，只是个头稍微小了一点儿。当你出现在它的地盘时，你会看到它竖起尾巴，左摇右摆，垂着翅膀，通过各种动作表示受到了搅扰，这番做派会让人想起它灰色的原型。这种鸟小巧玲珑，上半身是淡灰蓝色的，下半身体色逐渐变浅，直到胸腹部变成白色。它身材娇小，有着细长的尾巴。它的歌声吐音不清晰，没有连贯的颤音，吱吱呀呀，时而类似金翅雀，时而类似小灰猫嘲鸫，时而又类似金翼啄木鸟，虽然富有变化，但是整体不和谐，缺乏节奏。

在这片区域，白眉灶莺也是深深吸引我的一种鸟，也被称作大嘴水鸫和水鹡鸰。它是鸟类学家最难分辨的三种鸟之一。另外两种是很常见的橙顶灶鸫（灶巢鸟）或林鹡鸰，和北方的小水鸫（水鹡鸰）。

春季的白眉灶莺数量并不多，但是在岩溪一带可以经常见到。这种鸟生性活泼，身手敏捷，歌声很是迷人。在春光明媚的五月，我见过一对白眉灶莺在两条小溪间飞来飞去，当它们选在两条小溪的中间点停下来时，一阵富有情感的歌声从雄鸟口中发出。这歌声突然间响起，汹涌澎湃，始于三四声清晰、圆润的类似竖笛声的音符，终于一连串快而杂乱的颤音。

白眉灶莺在颜色上与鸫相似，它有着橄榄褐色的背部、灰白色的腹部，脖子和胸部点缀着些许斑点。但是这种鸟在生活习惯、形态和声音上和云雀非常类似。

在去岩溪的路上，听到黄胸鹟莺的歌声能让我心情大好，有时也会让我烦恼。它的形态和灰猫嘲鸫很相似，但它非常有特点。与这只活泼善言的鸟相比，灰猫嘲鸫的鸣叫声比较温和、女性化。黄胸鹟莺的鸣叫声十分洪亮、神秘。这种鸟通常生活在林边或原野附近低矮、潮湿、茂密的矮树丛中，你若是不小心踏入了它的领地，就会听过它发出多变、怪诞、粗俗的叫声，就像乡下剪嘴鸥的叫声一样。倘若你直接穿过它的领地，那么它几乎不会打破沉默。只要你做片刻的停留或者闲逛，它就会警惕起来，偷偷地站在树枝上观察你，发出喵喵的尖叫。片刻之后，它会清楚地问："是谁？"接着它就会快速地接连发出一连串不和谐的鸣叫，打破森林的寂静。此时它叫起来像小狗一样，接着像鸭子一样嘎嘎地叫，随后又像翠鸟一样咔咔地叫，像狐狸一样尖声叫，像短嘴鸦一样呱呱叫，然后又像猫一样喵喵叫。它的声音听起来好像来自远方，一旦换了音调就又像在你面前叫一样。你仔细观察它，它可能会害羞，谨慎地躲避起来，倘若你保持冷静，便可以等到它飞上树枝或跳上一根树杈，垂下翅膀，摇头摆尾，极为亢奋。不到半分钟的时间，它又冲到树丛里继续高歌，小舌音比法国人还流畅，“唷——唷——唷——唷——唷——哦”，就像这样鸣叫，“——哧——嘎嘎，咕咕——呀——呀——呀”，现在音调升高了，“特呃——呃——呃——”，“——呱，呱——咔特，咔特——啼爆咦——呼，呼——喵，喵——”，如此歌唱下去，直至你厌烦。仔细观察一天，我发现它只会发出六种不同的鸣叫或变音，它可以单纯地重复十几次而没有任何变化。有时你离它较远，它会飞来观察你。这是多么充满好奇、富有表现力的飞行表演啊——双腿伸展，头微垂，翅膀快速扑打着，动作很有趣。无论从体态还是颜色而言，它都算是优雅的鸟。它的羽毛排列非常紧密，上半身是浅浅的橄榄绿色，下身是金黄色的，喙是黑色的，而且非常坚硬。

红衣主教雀或弗吉尼亚红雀也是在这个地方经常见到的鸟，它们常栖息于树林中。因为经常被人类狩猎，这种鸟变得非常胆怯。看到这种鸟，你的脑中会出现英国红衣士兵的身影，它长着尖尖的低垂的嘴巴、高大的冠，脸上有些黑色的斑纹。它们站立在树上，沉稳的站姿会令你想到严整的军人形象。通常它的歌声类似长笛的声响，但当你打扰到它时，它的口中会迸发出类似军刀碰撞的叮叮当当的响声。昨天，在溪边一片浓密的绿荫下，我独自坐在葡萄藤上休息。一只红衣主教雀飞到距离我的头顶上方一米左右高处，搜寻某种昆虫。它跳来跳去，不时地发出尖叫声，直到一只飞蛾或甲虫飞起逃跑时，它立刻奔腾而至，像一把火从树上掉下来。在发现我的瞬间，它立刻放弃飞虫，转身逃跑了。这种鸟的雌鸟羽毛是褐色的，飞起时才会露出红色部分。

到目前为止，红头啄木鸟是华盛顿数量最多的鸟，比知更鸟还常见。不是在密林深处，而是在山上和田野里稀疏、有些破败的橡树林中，我几乎每天都可以听到边缘的某棵橡树上传来它们奇怪的鸣叫，“科特——而，科特——而”，像大树蛙的叫声。这是一种拥有灵敏嗅觉的鸟，性格十分坚强。它们的飞行姿态如此优美，仿佛在树与树之间架起了一座红白相间的桥。这种鸟气质沉稳、庄重，制服上的红、白、青三种色彩和谐地搭配在一起，使它看起来像军官一样。

我喜欢的另一个地方是这座城市的东北部，向国会大厦的这个方向望去，几乎不到一千米的地方，你就能看到一道宽阔的被大片橡树林覆盖的山坡平缓地向一大片草地上延伸。山顶——假如这片平缓的草地有山顶的话，被一大片橡树林覆盖，前面一片茂密的树林环绕着两侧，如同披风一样在我们的视线内向后退去。从市区的不同地点都能望到这片翠绿的美景。从北部的自由市场沿着纽约大道望过去，掠过街上的红泥土，最终目光会落在远处这片风景上。它仿佛在召唤着市民前往。当我的目光从又热又坚硬的街道转向它时，它是多么让人向往！我深深地沉醉其中，仿佛它是一口清泉。有时候能看到成群的牛羊在那里吃草，到了六月就可以看见那里出现成捆的干草。当地面被大雪覆盖时，成堆的干草还在那里，令人回味无穷。

包裹着这座小山东侧的树林向东方延伸，是这个特区最迷人的景象之一。那里的主要植被是橡树和栗树，同时夹杂生长着一些月桂、杜鹃和山茱萸。在整个华盛顿，只有在这里我才能找到盛开的犬牙紫罗兰，也是采摘野草莓的绝佳地点。而在一面山坡上，走过苔藓铺成的小路，你会看到野草莓正茁壮生长。

从这些林地走向市区，人们会立刻看到国会大厦的白色圆顶在眼前绿色的波浪上升起，仿佛四千吨的钢铁之躯优雅、轻盈地腾空而起。在华盛顿所有的美景中，我始终对这一景象记忆犹新，那大圆顶像云朵一样从小山上升起。

第六章

桦树林漫步

我所要提到的地区，坐落于纽约州南部，包括阿尔斯特、沙利文和特拉华三个县，这里为哈德逊河和特拉华河的支流提供水源，在美国，除了阿迪朗达克山区，这里的荒野最多。卡茨基尔山脉的一些支脉横穿此地，并且使这里呈现严酷寒冷的北方气候。在纽约州的一些地图上，这里被标注为“松山”，显然这个名字不符合实际情况，因为我从来没有在山中看到过松树。或许用“桦山”这个名字更具特色，因为在这些山的山顶上桦树的数量占据优势。这里是黑桦与黄桦的自然故乡，这两种树在这里的规模非比寻常。

整个山区山坡上遍布着山毛榉和枫树。然而在过去，整个山区长满铁杉，吸引了众多伐木工和制革工。而今，除了那些荒凉的山谷，我们很难看到铁杉的身影。在尚代肯和伊索帕斯这一带，乡村之中唯一能够生产的只有革，因此制革厂大量兴建，且生意兴旺，其中一些至今还保留着。在这个时节穿过这个地区，我看到山坡高处仍留有一些铁杉树，它们历经被砍伐、剥皮等不幸，刚刚又被剥了树皮，露出新鲜泛白的树身，远远看来非常醒目。

和其他的火山区不同，这里没有尖峰，也没有陡坡，而是一条绵延不断、此起彼伏的山脉。茂密的树林覆盖着山顶，使整条山脉如同宽阔起伏的地平线。登上特拉华河源头的山峰，向南远望，可以看到三十多千米外一条连绵不绝的蓝色山脉。如果少那么几棵大树，形成一大片裂缝，你就可以欣赏到远处的美丽景色了。

想要从哈德逊河一侧进入这片地区，就要先从索格蒂斯出发，顺着哈德逊河，越过卡茨基尔山脚下崎岖不平的乡间地带，经历几个小时的车程后，你会发现自己处于一座高峰的阴影之中。这座山峰被当地人命名为“高峰”，是这条山脉在这片地区的天然地界。在山的正东和东南面，山坡陡降，向远处的平原上延伸，在山坡上你可以尽情远眺三十多千米之外的哈德逊河。在山坡的正西和西北面，遍布无数的小山脉，更加凸显了主峰的高大威武。

从宾夕法尼亚至这里的将近一百六十多千米的土地，就是下文我要讲述的区域。这片区域宽度大约不到五十千米，土地空旷，人烟稀少，一片荒凉，只有去纽约和伊利铁路的旅客在百无聊赖的时候才会多看它一眼。

众多溪流与湖泊

这一带遍布着许多冰凉湍急、盛产鳟鱼的溪流，它们发源于这个山区的小湖和山泉。其中一些溪流的名字是磨坊溪、枯溪、威拉威马克溪、海狸溪、鹿林溪、豹溪、不沉溪、大因金溪和卡勒昆溪。海狸溪是西部山脉最主要的排水口，它在汉考克的荒野地区流入特拉华河。不沉溪向南奔流，最终也流入特拉华河。大因金溪和东部的很多溪流汇合形成伊索帕斯河，流入哈德逊河。枯溪和磨坊溪盛产鳟鱼，在奔流二十多千米后，也一并流入了特拉华河。

特拉华河的东支流和皮帕克顿支流大多是由此地山间的溪水汇集而成。在漫步探险时，我曾多次饮用清澈的溪水，那里小溪初见日光。附近一米左右的地方，这些小溪穿越茂密的森林，几经转向，最终流入了莫霍克河。

在这一片区域，依然生活着很多珍稀的野生动物，熊偶尔会来侵扰羊群，我们可以从山谷中的空地上看到它们留下的清楚的破坏痕迹。

大因金山谷和不沉溪的源头曾经被无数的旅鸽所统治。它们在这里繁衍生息，导致数千米范围内的树顶上全部都是它们的巢穴。每天，旅鸽飞翔觅食，整个山谷一片喧闹。猎手很快发现了这片区域，他们带着猎枪，在春季一拥而入，疯狂地猎杀旅鸽。面对残忍的人类，旅鸽被迫离开了自己的家园，现在只有少数旅鸽在这里的树林中繁衍。

这片区域还生活着一些鹿，但是数量在逐年减少。去年冬天，海狸溪附近被人猎杀的鹿就将近七十只。有人告诉我，有个恶棍发现了困在暴风雪中的鹿群，他立即穿上雪地靴，在一个清晨残忍地杀死了其中的六只，并且将鹿的尸体丢弃在地上，使其曝尸荒野。传说中，那些做坏事的人总会得到上苍的惩罚，变成盲人或傻瓜，但是这个恶棍没有得到应有的报应，这令人对这类传说产生了怀疑。

不过，这个地区最吸引人的是鳟鱼，这里的溪流和湖泊盛产鳟鱼。由于水温比较低——山泉的水温约为四十四华氏度[1]或四十五华氏度，小一些的溪流水温在四十七华氏度或四十八华氏度，鳟鱼个头比较小。在那些偏僻清澈的溪流中，我们可以看到大量的鳟鱼。令人无法理解的是，溪水里的鳟鱼大多是黑色的，而在湖泊中的鳟鱼却色彩艳丽，令人无法形容。

最近几年纽约城中喜爱钓鱼的人没有不知道海狸溪的，垂钓者成群结队而来。

卡勒昆荒野中有一个湖泊，那里生活着一种味道极其鲜美的白色亚口鱼。但是只有在春天，在亚口鱼产卵的季节，当树叶长得像金花鼠的耳朵一样大时，人们才能够捕捉到它们。黄昏时分，这种鱼开始逆流而上，准备前往湖泊产卵。这时整个河床被它们完全占领，密密麻麻，到处都是。捕鱼者只要走到河中，用木桶就可以收获到很多鱼。他们往往是

---

1 华氏度 =32+ 摄氏度 ×1.8

蹚水到鱼群活跃的地方，用手捞鱼。用这种方式捕鱼，三五个人就可以捞满满一货车鱼。尤其是温暖的南风或西南风吹起时，捕鱼更为容易。

虽然我对这一带的周边环境非常熟悉，但我只去过两次。有一次是在一八六〇年，我和一位朋友沿着海狸溪溯流而上抵达它的源头，在鲍尔瑟姆湖的湖畔扎营，准备进行探险考察。谁知一场寒冷且持久的暴风雨迎面袭来，没有任何准备的我们只能被迫离开。我们都不会忘记是如何沿着山间一条不知名的线路跋涉的。为了探险时的安逸，我们携带了大量的物资，以至于撤退时我们被这种愚蠢的想法害惨，我们背负重物，艰难跋涉。我们在山顶停下，在细雨中品味烤鱼，这一幕让人十分难忘。在黄昏时分，我们在磨坊溪畔找到了一间简陋的小木屋，在那里，我们躲避风雨，度过了温馨的夜晚。

一八六八年，我和两个朋友曾经一起前往同一山区的托马斯湖，准备在湖边钓鱼。在这次远足途中，我才深深明白，和印第安人相比，我自以为高明的野外生存技能是多么可笑。

探险计划

那是六月的一个下午，在磨坊溪源头附近的一家农舍，我们三人告别团队，带着背包，准备在黄昏时穿过森林，翻越山脉，抵达托马斯湖。我们雇用了一个脾气好但较为懒惰的年轻人做向导，他正巧在这座农舍逗留，带着一个联邦军的背包，指引我们在林中行进了几千米，以免我们一开始就走错路。找到托马斯湖似乎是一件非常简单的事情。并且根据说明，这一片的地形非常简单，我确信我们能够在天黑前抵达那里。“沿着这条小溪走到山这边的源头，”他们说，“涵盖那个湖的溪谷就在山的另一边。”多么容易走啊！但经过进一步的询问，他们又说我们到达山顶的时候应该“沿着左边的路走”。在陌生的树林中“沿着左边的路走”是一个不确定的指引。如果我们一直向左走，可能会招致麻烦。但是，如果湖就在正对面，为什么还要向左走呢？哦，湖不是在正对面，而是偏左一点儿，穿过两三个山谷都可以抵达，我们可以轻松地找到其中一个。但是，为了确保路线准确，使我们能有个好的开始，带领我们走到那个“沿着左边的路走”的地点，我们雇用了一位向导。去年冬天他去过那个湖，知道路线。

在最初的半小时里，我们沿着一条不起眼的林路而行，这条路是人们在冬天从山上往山下运白蜡树用的。林中有一些铁杉树，但大多是枫树和桦树。在茂密的树林中行走，根本看不到矮小的灌木，地势缓缓上升。一路上我们几乎一直能听到右侧传来潺潺流水声。有一次，我靠近溪流，发现溪水里满是鳟鱼。正如人们所期望的那样，溪水冰凉。不久，山势变得陡峭，小溪变成了细流，从散布山坡、被苔藓覆盖的大块岩石和小石头下面流出。我们喘着粗气，艰难地在崎岖不平的山路上前行。我安慰自己，每座山山顶附近都有段最陡峭的路，这是黎明前最后的黑暗。山路越来越陡，我们终于登上了山顶，到达一片水平、平缓的圆形空地上，那是上古冰神打磨的杰作。

我们发现这座山的背面有一片巨大的洼地，地面松软、湿润。那里生长着一些高大的蕨类植物，几乎都快高达我们的肩膀。我们还路过了几片生长着泽地忍冬的林子，泽地忍冬正盛开着红色的花朵。当路面开始像另一边倾斜时，我们的向导终于在附近的一块大岩石上停了下来。他确定自己走得够远了，我们眼下可以自己找到那个湖。“湖就在那边。”向导指着一个方向对我们说。显然，他自己也不是特别确定方位。在登山途中选择路线时，他有过几次犹豫不决，并且在翻过山顶向左前进时，他还曾经失足摔倒。不过，我们根本没有留意。我们满怀信心，辞别了向导，沿着山坡向下走，我们相信沿着一条小溪就能走到那个湖。

探险之旅第一天

在东南方向的林区，我发现了棕林鸫，在此之前，我没有看到任何鸟，也没有听到任何鸟鸣。它响亮的颤音在寂静的林间回响，在半山腰寻找鱼竿时，我在离地面约三米高的一棵小树上发现了棕林鸫的巢。

我们继续向山下走，直到我们唯一的向导——小溪变成一条相当大的鳟鱼溪，细微的潺潺流水声变成了大声的喧闹，我们开始有些焦虑，在树林中四处张望，搜寻湖的影子，或者期望找到一些信号表明我们离湖已经很近。我们的目光穿过树丛，隐约看到一个地方。经过进一步的验证，那个地方实际是一片耕地。不久，我在它附近又发现了一块荒地。对兴致勃勃的我们而言，这简直是冷水浇头。那天晚上没有湖，没有玩乐，晚餐也没有鳟鱼汤。那个年轻人也许是跟我们开了个玩笑，也许他迷路了。我们特别期待能在日落或者天黑前到达湖泊，因为那是鳟鱼跳得最欢的时候。

我们继续前行，很快来到一片残株遍地的野地上，那是一座陡峭的通往西方的山谷的一头。在我们脚下不远处有一座简陋的木屋，烟囱里炊烟袅袅。一个小男孩提着木桶从房中出来，走向小溪。我们大声高喊，他转身看看我们，没有应答，而是跑回了家。过一会儿，他们全家人都跑出来，在院子里向我们张望。即便我们从他们家的烟囱上滑下去，他们也不会表现得比此时更惊讶。因为听不清他们说的是什么，我下山来到他们跟前问路，被遗憾地告知，我们依然在磨坊溪的这一侧，只不过翻越了一道山脊而已。我们走的方向还不够靠左，在翻越山脊的时候，山脉向东南方向急转，依然挡在我们和湖水之间。我们沿溪水走了大约八千米但却错过了湖三千米。我们必须径直返回向导与我们道别的那个山顶，然后保持靠左行走，那样我们很快就会看见一排做过标记的树，这些树会把我们引领到那个湖边。

于是我们循着原路返回，艰难地行进。无论怎样，这真令人沮丧，也非常消耗体力。我们往回走的时候，太阳已经落山了，走到半山腰，天已经全黑。我们不得不走一会儿便靠在树上休息一下，使得行进速度十分缓慢。最后，我们决定停下来，在一块巨大、平坦、在山边构成屏障的岩石边扎营过夜。我们生起了火，把这块岩石移开，吃了一点儿面包，把所有的背包都高高地挂在树枝上，以免睡着的时候被豪猪破坏。吃完了东西，我们躺下睡觉。如果有豪猪或者猫头鹰经过的话（我觉得午夜过后我听到过一头豪猪的叫声），它会看到这一幕：一条野牛皮毯子铺在一块岩石上，一边有三顶并排的老式的帽子，另一边有三双沾满泥灰的牛皮靴。

我们躺下后，树林里似乎没有蚊子。但梭罗书中的印第安人称为“看不见的敌人”的蠓发现了我们，待篝火熄灭之后，它们猖獗起来。我的双手和手腕被攻击之后奇痒无比。

我首先想到的是它们可能中毒了。当我开始猜测自己是否中毒的时候，这种奇痒无比的感觉蔓延到我的脖子和脸上，甚至蔓延到头皮上。我把自己裹得更严实，尽可能地把手遮盖起来，这才在同伴们入睡之后勉强入睡，而他们似乎并不受“看不见的敌人”的打扰。之后我又因为“床铺”一侧略微不平而难以入睡，负责打扫的女仆没有把毯子弄平，有一个大鼓包，怎么抚也抚不平，最终我也克服了这个困难，继续睡去。

深夜里，当我醒来时，正好听到一只橙顶灶莺在附近的一棵树上唱歌。它像中午那样大声、快活地歌唱。我自认为还是很幸运的。有些鸟比如雄短嘴鸦，会在午夜歌唱，就像公鸡打鸣一样。我曾在夜间听到过毛鸟、极乐鸟鸣叫以及披肩榛鸡敲打鼓点的声音。

探险之旅第二天

当清晨的第一缕阳光隐约可见时，我立刻听到了几十米开外一只棕林鸫的美妙歌声。很快，灰色的晨光渐渐地将我们包围，树林中响起了鸫类的大合唱。我感觉从来没有听到它们唱得如此甜美动人。多么悠闲、美妙的歌声！这歌声抚慰了我们。这是鸟儿清晨第一件事，在鸟儿大合唱结束之前，虫子们都是安全的。我认为鸟儿都是在离地一米左右的高处休息。事实上，鸟儿都是在自己的巢穴休息，正如我看到的这只棕林鸫，它就住在大树的下面。

棕林鸫的分布和其他鸟不一样。我最开始研究鸟儿的时候，本应对在此地见到棕林鸫而吃惊，因为我曾经发表过两篇文章来阐释自己的观点：在卡茨基尔山的高处没有发现棕林鸫，但是隐士夜鸫、韦氏鸫或威尔逊鸫很常见。事实证明我的观点并不完全正确。在这个地区也可以找到棕林鸫的身影，只是它们比较罕见，善于藏身。只有在它们孵化幼鸟的时候，我们才有机会在深山东面和南面的山坡上见到它们。在这个地区，在这个季节，我从未在附近或类似的树林中发现过这种鸟，这与我在这个州其他地区的发现正好相反。鸟类在不同地区的生活习性也是不同的。

天一亮，我们就收拾行装，准备继续前行。那天早上，我们只吃了点儿抹了黄油的面包，喝了一两口威士忌。我们旅途中所带的食物有限，在找到托马斯湖之前，面包和酒必须要省着点儿用，我们期待鳟鱼餐能改善一下伙食。

很快，我们再次来到了和导游告别时的那块巨大岩石旁。我们四下张望，满目都是高大茂密、没有道路的树林，不禁满怀疑虑。经历过一次盲目的误入歧途的挫折，我们这次必须谨慎选择，好好地考虑一下。这些山脉的顶部非常宽广，即便看起来很近的树林，实际上也在非常远的地方，到了山顶，很难掌控整个地势。这里的山脉有太多分支，走向又有很多变化，仅凭眼力难以望及所有方向，即使一个小小的偏差，也会导致远远地偏离既定的目标。

这时，我想起我认识的一个农民的探险经历。他告诉我他是如何在没有向导的指引、没有任何路标的情形下在这片山区的中心地带跋涉了一天，最终准确地抵达了目的地。这个农民一直在卡勒昆一带剥树皮——那里的树皮远近闻名，在剥到足够多的树皮后，他不想绕着漫长的山路回家，而是想直线返回自己在枯溪的家。如果这样做的话，他就得徒步将近二十千米，翻越几座山和一大片森林，没有人愿意冒险与他同行。连熟悉那片地区的老猎人都劝阻他，预言他不会成功的。但是，这个农民已经下定了决心，他向老猎人请教了当地的整个地势后，便扛着斧子上路了。他一路直行穿过树林，即使遇到沼泽、溪流、山脉也不改变方向。在途中休息时，他会先在前方选定一个标志物作为目标，以便再次出发时不会偏离方向。向导曾告诉他途中会遇到一个猎人的小木屋，假如他能够看到这个小木屋，那就证明他的方向是正确的。将近中午的时候，农民抵达了这个小木屋。日落的时候，他回到了自己枯溪的家。

找不到那排有标记的树木，我们犹豫再三后，开始攀登左边的高地，并沿途做下标记。我们不敢下山，因为处在高地是我们的优势。树林中升起了大雾，我们行走更加谨慎。攀爬山壁，穿过一片蕨类植物林，经过两个小时的跋涉，我们来到一条小溪旁，这条小溪从山地高处一面巨大的石壁下流出。这里地面非常宽阔，有一片茂密的白桦树林，林中每棵树都非常高大。

经过休息与商量，我们决定最好不要再这样徒劳地搜索下去，但我们也不愿放弃寻找托马斯湖的计划。于是，我向同伴们提议，他们留在溪水边照看我们的行囊，我自己去进行最后一次尝试。假如我找到了托马斯湖，就鸣枪示意三次，让他们过去找我；假如我失败了，就鸣枪示意两次，准备返回。当然，他们听到我的枪声后也得做出相同的回应。

于是，我把水壶灌满，出发了，把这条消息作为向导。我刚沿途前进了不到二百米，这条小溪就钻进了地下，看不到了，有些迷信的我还以为自己中了邪，因为我们的向导总是这样戏耍我们。不过，我决心继续寻找，于是大胆地向左走。向左、向左，像金句一样指引着我向前。这时森林中的大雾已经散去，我可以清晰地看到山下的景色。我曾经有两次站在陡峭的山坡上俯视山下，特别想冒险下去看看，但是我稍事犹豫，依旧站在悬崖边上。

当我站在一块岩石上思考时，山下的树林中传来一阵巨大的响声，好像大型动物的声响。我悄悄地走下去一探究，原来是一群小牛悠闲地在这里吃草。一路上我们好几次看到它们的足迹。那天早上，我们在山顶上看到一块平坦的草地，它们就是在那儿过夜的。出乎我的意料，它们并不怕我，而是表现得非常兴奋，聚集在我身边，好像在打听外界的消息——也许是要打听牛市的行情。它们走到我面前，热情地舔我的手、衣服和枪。我明白，它们是想得到盐，不放过哪怕只有一丁点儿含盐的东西。这些小牛看上去一岁多，拥有光滑的皮毛，看起来非常勇敢。后来有人告诉我们，到了春天，附近的农民就把小牛赶到这些树林里，直到秋天来临，它们才从树林里出来。这样长大的牛身体强健，不会像喂养的牛那样肥，而是像鹿那样灵活、矫健。它们的主人大约一个月到林中给它们补充一些食盐。它们有自己的原则，很少在规定的区域外活动。看着它们吃东西非常有趣，这也是它们看到我异常开心的原因。这些小牛横扫着低矮的树枝、灌木以及其他各种各样的植物，几乎不在意品种地咀嚼着到口的东西。

牛群想要跟着我走，我从陡峭的岩石滑下，才避开它们。这时我发现自己以盘旋的方式绕着山向下走，同时扫视周围的树林和地面，期望获得一些令人欢欣鼓舞的指引。最后，树林变得开阔起来，我下山的速度也变得越来越快。树林里的树木笔直、高大。这是我第一次看到黑桦树，而且数量众多。我受到了鼓舞。凝神聆听，我听到微风吹起刚刚落下的叶子，我相信自己听到了一只牛蛙发出的声响。在这个暗示下，我以最快的速度在树林中穿行。不久，我又停下来仔细聆听。没错，是牛蛙的声音。我非常高兴，向前冲了过去。渐渐地，我在跑的时候都能听到它们的声音。“噗嘶让咯，噗嘶让咯”，年老的牛蛙低声叫着；“啪咯，啪咯”，幼小的牛蛙尖厉的声音夹杂其中。

然后，越过树林，我看到了一道耀眼的蓝光，我下意识地以为那是远处的天空。再看一眼，我知道我看到的是水。不一会儿，我就走出了树林，站在湖边。我的内心充满了喜悦。湖水在清晨阳光的照耀下闪闪发光，美轮美奂。在幽暗、茂密的树林中长途跋涉之后能看到这么开阔的地带、这么明亮美丽的景色，真是太幸福了！我的目光像出笼的小鸟一样兴奋，跳来跳去地欣赏眼前的美景。

这是一个方圆一千多米、长长的、椭圆形的湖。湖畔四周长满树木，地势缓缓上升。欣赏完湖光山色之后，我回到树林里，举起猎枪，向天空放了三枪。枪声在山谷中回荡，牛蛙被惊得停止了鸣叫。等了许久，我并没有听到同伴的回应。于是，我再次鸣枪三次，但是仍旧没有得到回应。后来我才知道，我的一个同伴爬到小溪后面的岩石上，仅仅隐约听到了一声枪响，似乎是从他脚下方很远的地方传来的。我心中明白，我已经走了很长的一段路，几乎不再期待听到同伴们以我们之前约定的方式与我联络。

于是，我开始往回走，这次没有按照之前那个迂回曲折的路线走。返回的路上，我不时地鸣枪示意。我的枪声一定唤醒了像瑞普·凡·温克尔那样沉睡多年的青年。随着子弹的逐渐减少，我只能减少射击的次数，不时地向山顶高呼两声。最后，我的内心充满了忧虑和恐慌，茫然四顾，想要找到一段路，以备应付当前随时可能出现的紧急情况。我找到了托马斯湖，却丢掉了同伴。这时，空中传来了一声枪响，我立刻开枪回应，全速奔向枪声响起的地方。但是，经过几次试验，我的枪声再没有得到一声回应。我再次感到恐惧，我担心枪声会误导我的同伴，使他们走向相反的方向。我立刻狂奔而去，竟然忽略了脚下的道路，致使之后付出了巨大的代价。但他们没有走错路。过了一会儿，一阵呼喊声传来，表明他们就在附近。我听到了他们的脚步声在树林里穿行，拨开灌木丛，我们三个又见面了。

面对同伴们急切的询问，我向他们保证我已经找到了那个湖，就在山脚下，如果沿着我们所处的位置直接向下走，一定不会错过它。

虽然汗水打湿了我的衣服，但我仍然敏捷地背上行囊，带着伙伴们前进。我们开始往山下走。我注意到那片树林越来越密了，和我之前经过的那些树林完全不一样，但是我根本没有考虑太多，我认为这样能抵达湖畔的源头部分，而我之前看到的则是湖的尾部。走了一会儿，我们看到了一排有标记的树木，我的同伴认为应当沿着树木而行。这条路与我们现在走的路几乎呈直角，能够通向山腰。但是我认为，我选择的这条路一定可以更快地抵达托马斯湖。

走到半山腰，通过树间的缝隙可以见到一道山坡。我告诉同伴，湖就在我们与那道山坡之间，不到一千米。在我的激励下，我们迅速抵达山底，出现在我们面前的是一条小溪和一片长满赤杨的沼泽，显然这是一个古老的河床。“我们可能在那个湖的上方，这条小溪必定会通往那里。”我向既愤怒又疑惑的同伴解释道。“那就沿着它继续走，我们在这里等你的消息。”他们说。

我继续寻找，比以往任何时候都相信我们中邪了，那个湖已经脱离我的掌控范围了。这么走下去，没有一点儿向好的迹象，于是我放下行囊，爬到一棵山毛榉上，目光越过沼泽，望向山顶。当我探身从最高的树枝上四处张望时，突然听到一声巨响，我跌落在地，即使是匆匆的一瞥，我也可以肯定这附近并没有湖的踪迹。我不肯放弃，丢下行囊，拿着猎枪，继续寻找。在另一片赤杨树沼泽中穿行了将近一千米，我以为自己正在接近那个湖。我看到一座低矮的山峰像半伸展的手臂一样展开，我天真地以为我的目的地就在它的怀抱之中。但我只是发现了一片更大的赤杨树沼泽。穿过沼泽，潺潺的溪水开始奔腾着往山下流去。它的堤岸越来越高，越来越狭窄，风中似乎传来它的嘲笑声。我怀着厌恶、羞愧与烦恼，开始返程。

经过两个小时的奔波，我回到了同伴身边，几乎虚弱得像病了一样。我又饿又累，精神也受到了极大的打击，几乎对托马斯湖失去了兴趣。我竟然渴望自己远离森林，从此再也不再进行探险，让托马斯湖见鬼去吧。我开始怀疑这个湖的真实性，怀疑托马斯本人是否曾经再次看到这个湖，怀疑除了他，从没有人看到过这个湖。

我的同伴们不像我这样深受莫名其妙的压力，他们已经恢复了精力，他们乐观地安慰我。我休息了一会儿，吃了点儿面包，喝了点儿威士忌，状态好多了。大家决定对托马斯湖进行最后一次尝试。这时，仿佛是为了安慰我们，一只知更鸟在旁边欢快地唱起歌来，冬鹪鹩也打开了它的音乐盒——我第一次在这片树林中听到，歌声优美动听，热情奔放。毫无疑问，它是我们最棒的歌唱家。它若是像金丝雀一样在笼子里长大，凭借它的歌喉，肯定更能受宠。因为它既有金丝雀那样美妙的声调及欢快的性格，又比金丝雀的声音更加悦耳。

我们再一次沿着原路返回，绕过那块岩石，回到那排有标记的树木那儿。这次我们沿着这排树木前行。最后我们这样做了，在走过这个地方的右边后，我们发现向左这项原则还是对的。走了将近二十分钟，我看到了之前我发现的那片桦树林。我这才明白我的错误，原来刚才我带着大家向右走得太远了，到了山的另一侧，后来我们才知道那里是赤杨溪山谷。

此时，我们的内心充满喜悦。没几分钟，我再次透过树林的间隙看到了那片犹如天空的蓝光。快到湖畔时，我们在森林中看到的第一个野生动物——一只土拨鼠，它蹲坐在离水面很近的树根处。很显然，面对地上逐渐靠近的危险，它不知所措。所有的退路都被切断了，它仿佛准备坦然面对自己的命运。我像一个野蛮人一样杀了它，出于一个目的——吃它的肉。

午后的阳光照在湖面上，一阵微风吹动平静的湖面，带起阵阵涟漪。在湖的对岸，一群牛正在吃草，牛群首领的铃铛声从水面上传过来，在这片荒野中，叮叮当当的声响既野性又动听。

来到托马斯湖，钓鳟鱼是第一要事。我们立刻找到湖边的一艘木筏，两人上了木筏，在不到半米深的水面上垂钓。但是我们竟然连一条鳟鱼也没能钓到。事实上，在托马斯湖停留期间，我们收获的鳟鱼不到一打半。而在一周前探险的三个人，短短的几个小时就收获了数不清的鳟鱼，让他的邻居们吃鳟鱼都吃腻了。不知是出于什么原因，这会儿鳟鱼就是不肯上钩，也不碰任何诱饵。所以湖中的翻车鱼就成了我们的目标。这种鱼虽然个头儿有点儿小，但胜在数量众多。它们的巢都在岸边，拨开湖畔的沉积物和杂草，便可以看到卵石铺成的明亮河底，一两条鱼在那里浮游，观望与守护。如果有人入侵领地，它们会恶狠狠地扑来。翻车鱼非常好斗、凶猛，有锋利的鳍和脊骨，身体两侧有鱼鳞，与其他有鳍的鱼争斗时绝对是个难缠的家伙，对于饥饿的人类来说，它们就像铁杉树的枝条一样令人失望。这种鱼如此多刺且单薄，以至那天我们才发现它的肉味道还是不错的。

我恢复了体力，在夕阳余晖下开始寻找这个湖的出口，去那儿试试钓鳟鱼，而我的同伴仍然想在湖中试一试运气。这个湖的出口正像这类水域一样，水流平缓且隐秘。这条小溪宽两米左右，沉默且平静地流淌了二十来米后，像突然意识到自己自由了一样，跃下一些岩石。因此，我一路跟随这条小溪，看到它快速地向低地流去，接连流经几道瀑布，像走台阶一样向山下行去。这条溪流看起来会有很多鳟鱼，但我发现实际上并没有那么多。不过，当我返回营地时，手上拎着一大串鳟鱼。

临近黄昏的时候，我去寻找湖的入口，像平常所见的一样，这条小溪在沼泽地上平缓地流动，这里的水比出口处凉得多，鳟鱼更多。当我行走在湖口沼泽边茂密的灌木林时，一只披肩榛鸡跳到了我身边的一棵树上，抖着尾翼，看样子想要飞走。当时我没有带猎枪，只是静静地站在旁边观察。很快，它就离开了树枝，躲进了灌木林中。

作为鸟儿的研究者，我永远对新鲜的东西敏感，一进入沼泽，我就被一支洪亮、欢快的歌曲或颤音吸引了。这声音是从我头顶上方的枝头传来的，我之前从未听过，来自我头顶上方，听上去这只鸟应该和林鹡鸰及水鹡鸰或灶莺是亲戚。这只鸟的声音像金丝雀的一样，非常响亮，但是非常简短。它一直藏身在树的高枝上，我很长时间都没能发现它。我来来回回在树下走了好几圈，当我靠近溪水的转弯处时，鸟鸣声突然响起，当我绕过这个转弯处，走远些时，鸟鸣声又消失了，毫无疑问，这只鸟的巢就在附近。我再次仔细寻找，终于发现了那只鸟并把它打了下来。结果这是一只黄眉灶莺，或者叫纽约灶莺，我第一次见过这种鸟。正如奥杜邦所描述的，这种鸟在体形上比大灶莺（或者白眉灶莺）大，在其他方面与后者是一样的。我非常高兴能有这样的收获，我感觉幸运女神开始眷顾我了。

资深的鸟类学家并不认识这种鸟，新的鸟类学家对它的描述又不是很全面。它在地面或者腐朽的原木边缘用苔藓搭巢。一位记者写信告诉我，他曾经在宾夕法尼亚的山区发现灶莺繁殖。大嘴灶莺善于歌唱，而新发现的这个小灶莺的歌声更加欢快。而我现在有的这个鸟标本看似和它的家族其他鸟的生活习性不一样，而是像莺一样在树顶活动，似乎在捉虫子。

湖口一带的鸟类非常多，鸟鸣声此起彼伏，很是嘈杂。知更鸟、蓝松鸦和啄木鸟欢快地鸣叫，似乎在欢迎我的到来。蓝松鸦发现我头顶上方不远处有一只猫头鹰或者某种野生动物，就像平常在这种情况下的反应一样，大声鸣叫，以示警告，一直持续到黄昏时分。

这天白天我在另外两三处听到过某种啄木鸟敲击坚硬、干燥的树枝的声响，在这儿也听到了。这种声音与以往我听过的啄木鸟的敲击声不同，而且每隔一段时间重复一次，响彻寂静的森林，还有个非常明显的特点——有节奏，忙中有序，好像这是场有计划的表演。先是“咚咚咚”紧密的三声，然后是“咚咚”更洪亮、间隔较长的两声。第二天日暮时分，我又在枯溪的源头弗洛湖听到了这种鼓声，而且节奏与之前没有任何变化。这种打击乐有一种旋律，是啄木鸟啄光滑、干燥的树枝时发出的，因此非常讨人喜欢，是鸟鸣中最有生气的，带有一种原始荒野的气息，由于黄啄木鸟在这些树林中数量最多，我便把这归功于它的大作。这声音能使我联想到当时与之相关的那些景象。

太阳落山时，整个湖畔被披肩榛鸡和青蛙的叫声所包围。我甚至可以同时听到五只披肩榛鸡鸣叫。“萨扑，萨扑，萨扑，萨扑，萨罗——罗——罗——罗——罗——罗——”，鸣声非常平常，使人愉悦。黄昏的时候，我返回营地，湖边青蛙的叫声响成一片，年老的青蛙声嘶力竭，好像在对歌一样。个头如此小的青蛙竟然能够发出这么响亮的声音，有的发出的声响竟像两岁公牛的叫声一样洪亮。这里青蛙众多，而且个个肥硕，爱吃青蛙的人应该没有来过。我们砍倒了一棵临近岸边的树，很快引来了大批的青蛙，它们聚集在树干和树枝上，在半露出水面的枝子上嬉戏，像学校里的男孩一样，太喧闹了。

天黑后，我在煎鱼的时候不小心将煮好的一锅鳟鱼打翻在火堆上。大家面对这一无法弥补的损失，神色哀伤，但我们想起灰堆上还有些可以吃的东西，就从中找出烧焦的鳟鱼，都吃掉了，味道真不错。

那天晚上，我们是在一堆灌木上睡的，睡得非常香甜。绿色的被折断的山毛榉细枝平放在地上，上面铺着水牛皮毯子，像床垫一样平整。我们下午点燃的那堆篝火散发的热气和烟雾将“看不见的敌人”赶跑了，它们一个都没有前来骚扰。当我们清晨醒来时，太阳已经升到山顶上了。

我立刻前往湖的入口处垂钓，沿着溪水走向它的源头。这次我钓到了一大串鳟鱼做早餐。湖对面山谷前头的牛群传来铃铛声，它们是在那儿过夜的。其中大多数是两岁的公牛。小牛们围过来，讨要盐吃，鳟鱼都被它们吓跑了。

探险之旅第三天

那天早上，我们吃完了面包，吃光了我们钓到的所有鱼，在十点左右准备离开湖区。天色真好，整个湖就像块宝石，我愿意在附近待一个星期，但我们已经弹尽粮绝，必须即刻返回。

我们踏上了归程，很快抵达了那排有标记的树木那儿。这时我们必须做出选择，是继续沿着这排有标记的树木前进，还是选择之前我们跋涉的道路，找到那条小溪，返回从山顶出发时的那块岩石，再到向导与我们告别的那个地方。

最终我们选择按照之前走过的道路前进。在密林中穿行近四十五分钟，当带标记的树木早已消失在我们视线时，我们感觉自己已经距离与向导告别的那块岩石很近了。我们生起一堆火，放下了行囊，四处张望，寻找一些标记以确定我们所在的位置。

我们四处张望了将近一个小时，却没有得出任何结果。其间，我碰到了一窝幼小的披肩榛鸡，逗留了一会儿。老松鸡拍打着翅膀，发出怒吼，想吸引我的注意力，遮挡那些还不会飞的小松鸡。这只母松鸡拖着肥胖的身躯，慢慢地前行，不停地发出悲鸣。但我追赶它时，它的脚步立刻轻盈起来，有时还会飞上枝头。我加快脚步，它跑得更快了，最终飞出了树林，好像完全不在乎那些小松鸡一样。我返回原地，在树叶边上发现了一只小松鸡。我立刻把它捧在手心，小松鸡蜷缩起来。我把小鸡放在衣袖中，它竟然钻到了我的腋下，仿佛那里就是它的巢穴。

午饭的炊烟冉冉升空，我们还在争论走哪条路线能尽快地走出森林。毫无疑问，我们能走出森林，但是我们希望尽快走出去，尽可能接近我们进入森林的那个地方。由于我们犹豫不决，磨磨蹭蹭，我们最终选择返回那排有标记的树木，又沿着树木来到了山脊的小溪旁。我们四下张望与搜寻，发现我们又到了两个小时前离开的地方。随后又是一番争论和分歧。但是我们必须做点儿什么。当时已经是中午了，如果没有食物和水，再在山上过一晚的前景可不令人愉快。所以，我们开始沿着山脊前进。我们发现了另一排带标记的树木，它们与我们前进的方向形成钝角。这排树有一千多米长，在它的尽头，我们又不知该往哪个方向走了。然后我们的一个伙伴发誓说他一定要走出这片树林，并且向右转，沿着山的边缘前进。另外两个紧跟他的脚步，但是内心想要停下来，慎重考虑一番以确定从哪里走出去。但我们胆大的领头人当机立断解决了这个问题。我们一路向下走去，好像是要走到地球里面似的。这是迄今为止我走过的最为陡峭的山路，我们既害怕又很安心。我们知道，我们没有选择的余地，只能坚定地前进，没有回头路了。当我们在悬崖边上休息时，正好透过树叶间隙看到了远处的山地，房子和谷仓隐约可见。这真令人备受鼓舞。我们不知那里是海狸溪、磨坊溪还是枯溪，只知道不能停下脚步。

最终我们在山谷的底部发现了一条生活着许多鳟鱼的溪流，不过这时我们已经没有任何垂钓的心思。我们沿着溪流继续前进，有时需要踩着石头过河，有时索性迈入水中，猜测着我们从哪里走出去。同伴们认为应该向海狸溪前进，而根据太阳的方向，我觉得应该去磨坊溪，它位于我们下方近十米处，我记得上山时路过的一座幽深、荒僻的峡谷跟这里很像。不久，河堤越来越低，我们走进了树林。沿着树林里昏暗的道路，我们走进了一大片铁杉林。地面有一道缓坡，我们很费解这么一大片铁杉林怎么能够在伐木工人和制革工人手下幸存。除了铁杉树，这里还有大量的桦树和枫树。

这时，我们已经离居民点很近了，开始听到人类的声音。大约前进了五米的距离，我们走出了树林。我们过了一时半刻才明白身在何处。起初眼前的一切看起来非常陌生，但是很快情景发生了变化，出现了我们熟悉的景象。眼前的一切像变了魔术一样，我看到的那个陌生的居民点变成了我们两天前驻扎的那家农舍。与此同时，我们听到了我们在谷仓中的脚步声。我们坐下来，尽情为我们的好运欢呼。我们孤注一掷冒险的结果比我们预期的结果好得多，胜过我们理智的策略。营地的伙伴似乎提前预知了我们的返回，已经将晚饭摆在了桌子上。

此时已经是下午五点，距离我们出发整整过去了四十八小时。就像哲学家所说的那样，时间只是现象，诗人也说，生活只是感觉。短短的几天，我们的人生阅历似乎成熟了许多。同时，我们也感觉年轻了许多，因为我们从桦树的柔和和坚强中收获了新鲜的活力。

第七章

蓝　鸲

为了平息蓝天和大地的争执，大自然创造了一种背部是蓝天的蓝色、胸部是大地的土黄色的鸟儿——蓝鸲。创造蓝鸲的同时，大自然还制定了一条规则：当蓝鸲在春天出现时，天地间所有的纠纷和征战都要停止。这是一种代表和平的鸟，它身上混合的颜色意味着蓝天和大地握手言和，迅速成为朋友。它代表着土地，它代表着温暖。它一方面代表着春天温柔的追求，另一方面代表着冬天后退的步伐。

当你第一次听到蓝鸲悦耳的鸣叫时，一定是在明媚的三月的一个早晨，好似上天发现了这温柔的歌声，让它跌入你的耳中。它的声音是那么温柔，那么有预见性，却掺杂着带有遗憾的希望。

“百慕大！百慕大！百慕大！”它似乎在说，好像在恳求和哀叹，也是在注视。百慕大尾艭紧随其后，尽管这个小漫游者只是在重复它的种族传统，它只是来自佛罗里达、卡罗莱纳，甚至是弗吉尼亚，在那里，它在一些阳光充足的山坡上发现了它的百慕大，那些山坡上遍布着香柏树和柿子树。

纽约州和新英格兰地区的糖枫树液，在听到蓝鸲的第一声鸣唱后，就会开始分泌，制糖工作开始了。这时，我们只能听到蓝鸲的鸣叫，却看不到它们的身影。传言说持续两三天后，它们才会现身。雄鸟是先驱者，雌鸟晚几日才会到达，等到夫妻团聚后，它们便开始找地方筑巢。这时，产糖期已经结束了，地上的积雪已经完全融化，犁头闪着光，在田中翻出一道道沟。

我们喜欢蓝鸲，因为它给北方苍茫的大地带来了第一缕鲜活的色彩。在它之后，其他的鸟，比如，麻雀、知更鸟、菲比霸鹟等也纷纷回到北方。只是这些鸟的色彩都是灰色、棕色或者黄褐色，一点儿也不亮丽。而蓝鸲拥有红、黄、蓝三种色调中的一种，并且是最神圣的蓝色。蓝鸲和英国人记忆中的红腹知更鸟的特征非常相似，所以新英格兰地区的那些早期定居者给蓝鸲取名为蓝色知更鸟。

其实，蓝鸲的体形比红腹知更鸟大一倍，并且胸部和背部的分界线并不是像后者那样呈橙色。但这两种鸟确实有着相似的姿态和习性，我们的鸟拥有最柔软的声音，而红腹知更鸟的歌唱技艺更加高超。在英国古老的花园和树篱中，我们一年四季都可以听到红腹知更鸟那迷人、富有生命力的颤音。它在音域上完全超越了蓝鸲。另外，蓝鸲作为冬季的留鸟，和明媚的春光密不可分，而英国的知更鸟并非如此，并且蓝鸲这一身独特的服装造型，远远超过了远在英国的表兄——红腹知更鸟。

值得注意的是，英国的鸟类中并没有蓝色的鸟。那里的鸟类中天蓝色的似乎比这里更珍贵。在这片大陆上，至少有三种常见的蓝鸟，而在我们所有的树林里都能看到冠蓝鸦和靛彩鹀出没，靛彩鹀浓烈的蓝色，真是名副其实。还有蓝色大嘴雀，它的蓝色与靛彩鹀相比，毫不逊色。况且，在我们的莺类中，蓝色的色调也很普遍。

有趣的是，蓝鸲的踪迹在这个国家随处可见。当一个人走到西部时，依然会看到它那可爱的身影，尽管彼此在叫声和颜色上有些差别，但这只是说明这种鸟种类多，并非有损它的身份地位。

西部的蓝鸲被认为是一种独特的物种，比它东部的兄弟更聪明、更有才华、更艳丽。纳托尔认为它的声音更多样、更甜美、更温柔。它的颜色接近深蓝色，它的肩膀上有一条栗红色。我想，这都是加利福尼亚极好的空气和天空以及大西部平原的功劳。如果一个人攀爬西部山区时发现了北极蓝鸲，就会看到它胸部的红褐色变为了蓝绿色，且翅膀又长又尖，但在其他方面与我们这里的种类别无二致。

筑巢冲动

蓝鸲通常在地面残留的树桩或树根部位的洞里筑巢，有时也会选择在啄木鸟丢弃的洞中生活。但是最初的冲动就是要在这个世界上寻找各种各样的巢穴。这对快活的夫妻先是来到农舍，四处观察，一会儿为自己找到一间鸽舍而兴奋不已，一会儿又看中前一年燕子留下的旧巢，一会儿又吵闹着把鵖鹟或紫崖燕的巢穴当成自己的新家。等到繁衍的季节来临，这场闹剧才能停止，大多数的蓝鸲只能回到荒野中，在随便找到的树桩或树洞定居下来，并开始努力工作。

这时，假如你偷偷地走到鸟巢的旁边，用手挡住洞口，就可以轻松地捕获雌鸟。因为雌鸟看到自己无路可逃时很少反抗，而是呆立在原地，任凭你的手捉住它。曾经有一次我注视着巢穴，看到雌鸟站在原地，抖动着身体，用惊恐的眼神向上望着我。在我稍微后退之前，它一动不动。之后，雌鸟看到有逃生的机会，便立刻逃出了洞穴，在空中大叫。雄鸟闻讯赶来，它拍打着翅膀，低声地鸣叫，与大多数鸟不同的是，它丝毫没有生气的意思。事实上，这种鸟似乎天生就不会发出刺耳的叫声，或者做出恶意的、脾气暴躁的事情。

将巢穴建造在地上的鸟儿大多具有一种诱惑敌人远离自己巢穴的技能。它们还会在快被俘虏时，伪装成受伤的样子。而将巢穴建造在树上的鸟儿通常会伪装自己的巢穴或者将巢穴建在敌人难以接近的地方，以此来保护自己。而蓝鸲都不具备这些技能，因此人类很容易发现它的巢穴。

蛇和松鼠是蓝鸲在孵卵期唯一的敌人。我知道一个农场小男孩喜欢掏蓝鸲的巢穴，每次他总是将雌鸟掏出来玩耍。可是这一天，他的手伸进鸟巢时摸到的却是一个光滑的东西，他立刻将手缩了回来。这时，一条大黑蛇从巢穴里伸出了头，小男孩吓得连忙逃跑，而黑蛇步步紧逼。幸亏附近的一个农夫发现了这一幕，用自己的鞭子击退了黑蛇，小男孩才幸免于难。

务实的雄鸟

再也没有比雄性蓝鸲更快乐、更忠诚的丈夫了。在我们熟知的鸟中，几乎生活中的所有重担都由雌鸟来完成，雄鸟只顾着炫耀和自己开心。雌鸟总是很严肃，很看重自己的工作，而雄鸟是雌鸟的跟班儿，无论雌鸟去哪里，雄鸟都跟着。雄鸟不领导，也不指挥，只是服从并为雌鸟加油喝彩。假如说雄鸟过的是诗意浪漫的生活，那么雌鸟经历的就全是工作。因为雌鸟除了职责以外毫无快乐可言，除了照顾巢穴、孵卵、抚育幼鸟，没有别的事情做。它从不向雄鸟示爱，也不会在相处中感到开心，它把对雄鸟的容忍当作一种必经的不幸，一旦雄鸟死去，它就会在森林中重新选择一个伴侣，就像人们会找水管工或玻璃工人一样。大多数情况下，雄鸟就像商业领域的名誉伙伴一样，贡献极少。燕子、啄木鸟、鹪鹩这些鸟，雄鸟和雌鸟的关系相对平等，它们会一起操持家务，哺育雏鸟。与其他鸟不同的是刺歌雀，它们是阿拉伯式的求爱方式，雄鸟会拼命地追求雌鸟，而雌鸟却总是躲避雄鸟的追随。如果我们没有看到新出生的雏鸟，根本不会想到它们曾经亲热过。

蓝鸲的雄鸟在家庭生活中非常务实。它时时刻刻陪伴、守卫雌鸟，当雌鸟孵化幼鸟时，雄鸟还会去寻找食物来喂妻子。看它们筑巢是一件非常有意思的事情。在寻找巢穴的过程中，雄鸟非常积极，它四处寻找巢穴，仔细观察周围的环境，但是在安家这件事上似乎没有决定权，只是为了鼓励和取悦它的伴侣，雌鸟才是知道哪里可以安家、哪里不可以的决策者。雌鸟选择好筑巢的地点，雄鸟便会大声叫好，然后陪伴妻子四处寻觅材料。雄鸟担任保镖，飞在雌鸟前方。雌鸟精心挑选全部材料，并且亲自装饰自己的爱巢。雄鸟紧紧伴随妻子，唱着歌曲，为它加油呐喊。雄鸟还扮演着检查员的角色，但我觉得这只是对雌鸟的一种偏爱。每当雌鸟将一些干草或小木棍安置到家中，飞出来欣赏效果时，雄鸟就会飞进去，然后出来鼓舞妻子："太棒了！太棒了！"然后，两只鸟再飞出去寻觅其他的材料。

巢穴之争

当蓝鸲在农场附近筑巢时，时常与燕子发生争斗。去年，一对崖燕在屋檐下的巢穴就被蓝鸲夫妇强行占领了，现在崖燕被迫在谷仓的屋檐下筑巢。这一对蓝鸲原先居住在附近的一处小鸟巢，但是那里生活着许多老鼠，也许还有一只黄鼠狼。毫无疑问，这并不是一种荣幸，随着季节的到来，为了躲避危险，它们霸占了燕子的巢穴，这样持续了几天。但我相信它们最后会离开的，不会生活在这样一个叽叽喳喳的环境里。我还听说过一个故事，一对菲比霸鹟强行霸占了一对燕子的巢穴，怀恨在心的燕子便趁菲比霸鹟在巢中休息时，偷偷用碎石堵住巢穴的出口。这样完整而残忍的复仇行为在人类史上都是极为罕见的。

蓝鸲和莺鷦鹩之间频繁产生纠纷。几年前，我在花园里为一对鷦鹩修建了一个巢穴。自此之后，它们每年春天返回时都生活在这里。有一年春天，一对蓝鸲发现了这个巢穴，并且仔细观察了很多天，我以为它们会占领这个巢穴，但是它们最后还是离开了。晚春时候，莺鷦鹩出现了，在一番卖弄风情后，它们返回了自己的旧巢，过上了只有莺鷦鹩能体会的快乐生活。

年轻的诗人迈伦·本顿看到一只小鸟后，曾写下这样一句诗："狂喜如旋风，使它震颤"。我觉得这一定是写给莺鷦鹩的诗句。因为其他的鸟不会在歌唱时如此激动，以至于全身颤动，像小流浪者一样。这对莺鷦鹩生活得格外幸福，因为雄鸟内心有一股狂喜的旋风，使得它每一刻都在用颤音歌唱。

然而，它们的蜜月还没结束，蓝鸲就回来了。有一天早晨，我还没起床就意识到出事了，耳边听到的不是莺鷦鹩那震颤美妙的歌声，而是一阵充满恐惧的吵闹声。我走到后院，蓝鸲已经霸占了莺鹪鹩的巢穴。可怜的莺鹪鹩绝望地挥动着翅膀，撕扯着羽毛，以表达它们的愤怒。毫无疑问，假如我们将此时莺鹪鹩的叫声翻译为人类的语言，那一定是最恶心的脏话。莺鹪鹩相当无礼，它的口舌能战胜据我所知的其他鸟。

蓝鸲对于莺鹪鹩的责骂充耳不闻，雄鸟一直盯着鹪鹩先生。只有当莺鹪鹩靠近巢穴时，雄鸟才会勇敢地站出来驱赶，而莺鹪鹩只能躲到篱笆、垃圾堆或其他东西下面。在那里，莺鹪鹩再次张开嘴巴，大声诅咒着该死的强盗。而蓝鸲就站在篱笆或豌豆丛的上方，防备着莺鹪鹩出现。

时间过得很快，蓝鸲在这里孵化了几窝小鸟，而可怜的被驱逐者莺鹪鹩只能每天来这里，继续对蓝鸲恶言相加。毫无疑问，事情会出现转机。愤怒的莺鹪鹩终于一雪前耻。有一天，蓝鸲妈妈放置好它的卵并在巢中孵卵时，雄鸟在谷仓歌唱，一个小男孩用弹性很好的弹弓打死了它。它躺在草地上，就像坠落的一块蓝天。成为寡妇的雌鹪鹩好像知道发生了什么，但没有表现出过多的失落，第二天就抛弃了这个巢穴，重新前往森林寻找新的伴侣。我也说不清楚它们是怎么表达愿望且能如愿以偿的。但我猜想，鸟儿一定有自己的宣传手段，可以很好地达到目的。或许它相信上苍的垂怜，森林中总有一些可怜的单身汉或失去亲人的雄鸟，来安慰这个刚失去丈夫一天的寡妇。我想说，在鸟类中，单身流浪的雄鸟是没有选择权的，它们每个都是求偶的失败者。而雌鸟却有很多的选择，它们可以尽情地挑选。

雄鸟有着响亮的歌喉、美丽的羽毛，在迁徙之前又总是提前抵达，所以特别引人注目。雄鸟的数量总是多一些，每年春天，森林中总有一些没有伴侣的单身汉，因为没有雌鸟和它配对。不过，就像前面所讲到的，也总有一些失去丈夫的雌鸟，会来到森林，重新选择自己的伴侣。

看到自己敌人悲惨的命运，莺鷦鹩高兴坏了，它们四处飞翔，放声高歌，宣告着自己的胜利。如果之前雄鸟是因狂喜而震颤，那么现在它简直要激动得把自己撕裂了。雄鸟提高嗓门，放声高歌，好像莺鷦鹩从来没有唱过歌一样。还有那只雌鸟，它咯咯地笑着，飞来飞去。它们多么忙碌啊！它们飞进巢穴，不到一分钟就把蓝鸲的鸟卵都扔了出来，这是它们的作风，然后四处挑选材料，到第三天就能将老巢重新装饰好。

但是在第三天，情况发生了戏剧性的变化，雌性蓝鸲带着自己的新欢回来了。啊！当时莺鷦鹩是多么失望！可怜的莺鷦鹩再次被赶出了巢穴。沮丧和绝望再次填满它们的内心，真是可怜。这一次，这对夫妻没有再高声怒骂，过了一两天，它们就悲伤地离开了家园，放弃了斗争。

不知道返回的那只雌蓝鸲是因为找不到自己的鸟卵，还是无法接受巢穴的装饰，又或者是发现自己对另一个伴侣的需求比想象的少，后悔自己匆忙再婚的决定，它想解除契约，离开这片伤心之地。但是高兴的雄鸟并不能明白雌鸟的心思，它跳跃着，歌唱着，想尽办法来安慰雌鸟。但是这只可怜的雄鸟对于爱情实在是缺乏经验，太过天真。我确信，在这个痛失亲人的雌鸟发现它之前，它都没有在这个多情的季节里找到伴侣。它认为那个鸟巢只是一个物件而已，没必要为此惊慌，它用了几天时间试图说服雌鸟回来。尽管不能成为继父，但它十分希望与这个家庭保持一种更亲密的关系。

雄鸟每天都在这个鸟巢的上空飞翔，还时不时在巢中停歇。它不停地呼唤着、歌唱着、恳求着雌鸟，雌鸟却很少回应，即使靠近鸟巢，甚至向鸟巢窥视，也不肯进去歇息，又快速地飞走了。看到雌鸟飞走，雄鸟只能默默地跟随。不久，雄鸟又返回巢中，大声而自信地歌唱。如果雌鸟没有回应，它就在巢里一遍又一遍地发出它最响亮的鸣叫，向雌鸟方向张望，摇头摆尾地舞蹈，希望能够吸引雌鸟的目光。但雌鸟对于雄鸟的表演视若无睹，根本不予以回应。过了几天，花园之中就只有雄鸟的身影了。最后，雄鸟也飞走了，我再也没有见过这对夫妻。这个夏天，这个鸟巢就一直空在那里。

第八章

大自然的邀请

许多年前，当我还年轻的时候，在一个星期日，我和我的朋友们在森林里漫步，那里生长着黑桦和冬青等树木。当我们躺在地上休息时，随意地望向树上，一只鸟深深地吸引了我，它停在我上面的树枝上，是一只我从未见过或听说过的。那只鸟也许是蓝背莺，这是一种现在在我故乡的森林中常见的一种鸟。然而，在我那爱幻想的童年，它就像一只仙鸟，身上的标记很奇怪，我觉得那是如此新奇，令人意想不到。在树叶被拨开的那一刻，我看到了它，注意到它的翅膀上有白色的斑点，很快它就飞走了。

之后这一幕一直印在我的脑海之中。这是一个启示。这是我第一次有这样的启示：我们身边看似非常熟悉的森林中有许多我们所不知道的鸟类。难道是因为我们的眼睛和耳朵都不够灵敏吗？那时，林子中有知更鸟、冠蓝鸦、蓝鸲、黄鹀、雪松太平鸟、灰猫嘲鸫、褐斑翅雀鹀、啄木鸟、金翼啄木鸟，偶尔也有红雀以及其他许多种类的鸟。可是，林中会不会有连经常进出森林的老猎人都没有见过的，甚至人们都没听说过的鸟呢？

走近鸟类

在之后的一个夏天，我带着猎枪又一次来到了林中，但目的不再是单纯的玩乐，我发现我的视野比现实中更年轻。在那片我儿时生活的、无比熟悉的森林中隐藏着无数我没见过甚至都没听说过的鸟，它们在这里繁衍、筑巢、尽情歌唱。

对于每个鸟类学的学生来说，这里就是天堂，随之而来的是喜悦与兴奋，紧接着是新鲜感和急切的探究，这是其他任何追求都无法比拟的。走入鸟类学研究的第一步就是制作标本，做到这一点就意味着你已经入门了。其中的乐趣只可意会。它和其他活动可以相互辅助，如钓鱼、农耕、打猎、漫步、野营探险等，这些活动都使人走向原野和森林，更好地和大自然联结在一起。当你前往郊外采摘黑莓时，会有一些罕见的发现；当你在草地上放牧牛羊时，你可能会听到一种新的乐曲，有新的发现。大自然隐藏着无数的秘密，每一片灌木丛里都藏着新闻，未知的探险总会让你充满期待，你永远不会知道下一刻将会遇见怎样的奥妙。森林中充满乐趣。你多么想探索它们的每个角落啊！也许你在林中迷路时会得到安慰。当你在林中漫步时，会听到夜鸟和猫头鹰的歌声，也许会误打误撞发现一些未知的鸟类标本。

在森林或海岸的所有远足中，鸟类学的学生比他的同伴有优势。他比其他人多一种娱乐方式，多一个快乐之源。这真是一箭双雕，甚至是一箭三雕。如果别人迷路了，他也不会刻意寻找，因为处处都有他的游戏。短嘴鸦的声音让他找到家的感觉；从未听到的音符或歌曲可以让一切烦恼都烟消云散；在拉布拉多荒凉的海岸边散步的奥杜邦比任何国王都快乐，在海上晕船的他看见一只从未见到的海鸥时，晕船的毛病几乎被治好了。

只有亲身体验才能体会到其中的乐趣。匆匆走过的人无法激起对自然的热爱。有人认为，一点儿羽毛和半个音符有什么好研究的呢？因为缺少活动经费，威尔逊先生曾经为他的一项大规模的鸟类研究在社会发动募捐，东部的一位州长竟然轻蔑地对威尔逊先生说："谁会花一百二十美元了解那些鸟？"的确，知识是非常昂贵的，一些最有价值的知识是无法用金钱获取的。亲爱的州长大人，鸟类研究固然需要社会的捐助，但是我们更希望大家对原野和森林产生兴趣，培养一种探索自然的精神，找到一把打开自然宝藏之门的钥匙。想想阁下在探险的过程中能得到的东西，有空气、阳光以及大自然的芬芳和清凉，还能远离尔虞我诈、混乱不堪的政治圈。

昨天是十月中难得的好天气，阳光明媚。我整整一天都在岩溪边那个树木葱茏、充满野性的峡谷里徜徉。溪边有一棵柿子树，成熟的柿子不时掉入水中。当我站在没膝的水中捞柿子时，一只林鸳鸯从溪的下游飞过来，从我的头顶掠过。不久，它飞回来，又离去。再次飞回时，它在溪水拐弯的地方俯身掠过，飞过那片宁静的水域，以避开我的视线。大约半小时后，我经过那里时，那只林鸳鸯突然飞起，发出刺耳的惊叫声。寂静中，我听到它翅膀抖动的声音，以及划过水面激起的水花声。我曾见过一只浣熊来到附近水边寻求美味的河蚌，它在泥沙中留下了一串长长的、明显的印记。在我穿过这片隐藏的水域之前，一对神秘的灰颊鸫从地上飞起，落在一条低矮的树枝上。

谁能告诉我这样的林鸳鸯、沙滩上的脚印，以及那些奇怪的从遥远北方来的鸫鸟，为秋林增添了多少乐趣和魅力？鸟类学的知识不能只靠简单的读书获得，你只有融入自然，和鸟儿接触，才能有更多的收获和满足感。一个人必须有与鸟类的原始体验。书籍仅仅是指南和邀请。即使你读的书中已经有足够的鸟类标本，也总有片荒野在向你发出召唤，等待着有活力、富有热情的年轻人前去探索、研究。每一个研究鸟类的学生都能够在野外体验到所有的刺激与获得新发现的喜悦。

但是，我也要说，书本上的知识是应该得到重视的。威尔逊或奥杜邦的著作是经典，可以用它作为参考并与自己的笔记做比较。除此之外，参观一些大型博物馆或珍藏馆也会让人获益匪浅。起初，人们很难从语言描述中辨识出一种鸟，参考彩色插图或标本，就能立刻解决问题。这就是书的价值，书相当于航海中的地图，绘制出了路线，通过阅读航线，能节省大量的时间和精力。首先，找到你感兴趣的鸟儿，认真观察它的形态、鸣叫、飞行和巢穴，然后用猎枪击落它（不要用望远镜反复观察），做成标本，再仔细地阅读奥杜邦先生著作中的介绍。这样，鸟类王国的大门就会向你打开。

莺类

鸟类学家将鸟类划分并细分为许多类、科、属、种等。乍看来，这很容易使得读者感到迷惑和泄气。但是，只要你对鸟类研究有兴趣，只要稍微了解几种简单的鸟类科目，就可以将大多数的鸟辨认出来，并观察到每一种鸟的特点。到目前为止，我们经常见到的陆地鸟已包含在莺、绿鹃、翔食雀、鸫和雀类之中。

在这些常见的鸟类中，莺类也许是带给读者困惑最多的鸟类。它们是名副其实的莺属，真正的林鸟。这些鸟体态娇小，活泼好动，歌声比较细弱。要想观察莺类，你必须到森林中仔细寻找。当我们在林间穿行时，好多人头顶的树上经常会传来阵阵细微的、悦耳的鸟鸣声，那多半是林莺在你的上方鸣叫。

生活在美国中部和东部的人们几乎在每个地方都可以经常看到六七种莺，像红尾鸲、马里兰黄喉林莺、黄林莺（不是常见的黑顶、黑翅、黑尾的金翅雀）、黑枕威森莺、黑白林莺等。当然，在不同的地区和不同树木组成的森林里，还有其他一些莺类。比如，在松树林或铁杉林中，一种莺可能会占主导地位；而在枫树或橡树林中，或者多山的地区，另外的一种莺类经常生活在那里。在地莺类中，马里兰黄喉林莺、黄腹地莺、哀地莺是最常见的，它们通常出现在那些低矮、潮湿、茂密的树林中，栖息在贴近地面的枝头上。而夏黄鹂和黄林莺早已不生活在森林中，在城市的公园或郊外的果园中，沿着溪流，我们可以在村庄和城市的树上发现它们。

一路向北，我们会发现莺类的数量在增加。在新英格兰的北部和加拿大，六月的时候，我们会发现十种到十二种莺类在林中繁殖后代。奥杜邦先生发现黑颊林莺在拉布拉多繁殖时，祝贺自己是第一个看到它的巢穴的白人。这些莺在五月的时候前往北部，有时是独自飞行，有时是成对飞行，我们可以清楚地看到它们黑色的头冠和身上带着斑纹的羽毛。在秋风吹起的九月，它们大部队或者三三两两地飞往南部。为了更好地过冬，它们的羽毛会变成淡褐色，身体也吃得非常肥胖。它们会停在树梢上休整几天，这时你必须非常留意才能看到它们，因为它们的动作非常敏捷，你稍微不注意，它们就会消失在你的视野中。

据我观察，生活在中部地区的莺种数量，在秋天返回的时候没有春季北迁的多。

整个秋天，最吸引人们眼球的要数黄腰林莺了。它们来到街道和公园，似乎特别喜欢那些干燥无叶的树木，它们怀着坏心思整天尖叫着到处飞翔。在华盛顿，我整个冬天都在郊外见过它们四处踱步。

奥杜邦先生的书中记录了四十多种不同的莺类。在他之后的鸟类学家们进行了更细致地研究与划分，将这些莺做了新的命名和记录。但是，只有那些专业的鸟类学家才会对这些感兴趣。

根据我的观察，莺类中歌声最出色的是黑喉绿林莺。它的歌声甜美而清晰，但比较简短。最罕见的是白眉食虫莺，据说现在种类也在不断减少；白喉林莺大量出现在尼亚加拉一带；在纽约，哀地莺则在特拉华河上游繁殖。

绿鹃

绿鹃或小绿鹃具有莺和翔食雀两类鸟相似的特点。红眼绿鹃的演唱，是我们在森林中听到的最容易使人感到快乐的乐曲之一。它也是最引人注目、数量最多的物种。它们虽然体形比莺类大一点，但是羽毛没有莺类绚丽。

在大多数的森林中，生活着四种绿鹃，即红眼绿鹃、白眼绿鹃、歌绿鹃和孤绿鹃。这四种绿鹃中，红眼绿鹃和歌绿鹃的数量是最多的。而白眼绿鹃的天性最为活泼。我在长满浓密的灌木丛的沼泽地发现过这种鸟。在那里，为了避开观察者，它们尽情歌唱，歌声尖厉、快速，令人惊叹。其特征非常明显，尽管其中掺杂了其他几种鸟的鸣叫声，但这歌曲仍然是独一无二的。白眼绿鹃的虹膜是白色的，而红眼绿鹃的虹膜是红色的。不过，我们只有在距离它们两三米远时，才能清晰地发现它们虹膜的不同。在大多数情况下，鸟儿的虹膜都是深褐色的，不过我们常常误认为是黑色的。

阵阵秋风吹过，树叶纷纷坠地，像篮子一样的巢穴经常在道路两旁树林中低矮的树枝上出现，那多半就是红眼绿鹃的巢穴。孤绿鹃的巢穴外形和红眼绿鹃的巢穴相似，但你要到林中更加荒僻的地方寻找。

这群鸟通常是下身呈浅灰色，向上颜色变深，带有绿色。红眼绿鹃有蓝色的冠。

当你靠近鸟巢时，大多数的鸟都会显得有些恐惧和慌张，它们会愤怒地盯着你。但在这样的场合，红眼绿鹃是个例外。红眼绿鹃父母在树枝上轻轻地移动，用一种无辜、好奇的眼神注视着入侵者，不时地发出一声声低沉的略带悲伤的叹息或一种悲叹、关切和警惕。它们虽然担心自己巢穴的安全，却不会轻易地愤怒或忧伤。

和其他动物一样，鸟儿在闭目休息时，最容易被人类捕获。很多年前的一个秋天，我在森林中发现了一只红眼绿鹃，特征明显，任何人都不会看走眼。这是一只雏鸟，已经长成，它正在一片偏远的石楠地一根低矮的枝头午睡。它的头蜷缩在翅膀的下面，很容易第一个被鹰抓住。我悄悄地来到它的身边，在一米左右的地方停下来，可以清晰地听到鸟儿那强劲有力的比人类要急促的呼吸声。虽然个头儿很小，但是鸟儿有着很大的肺活量，比其他任何动物肺活量都大，所以血压和体温也会略高。我伸出双手，轻轻地将它抓在了手心。这个可怜的小家伙顿时被吓得几乎瘫痪了。它拼命地挣扎，嘴中发出阵阵凄厉的鸣叫。当我张开双手时，鸟儿立刻像箭似的逃离了，飞进附近的灌木丛中躲藏起来，我也不会再次惊扰它了。

翔食雀

翔食雀在数量上比绿鹃多，特征也更为明显。翔食雀的歌声并不动听，甚至有些作家将它们的鸣叫形容成“鬼哭狼嚎”。这种鸟喜欢争强好胜，它们不仅和同伴争斗，也经常和邻居争吵。前面我们提到的极乐鸟，虽然战斗力很弱小，却也是极为喜欢争斗的一种翔食雀。

普通绿霸鹟因其悲伤的鸣叫声和精致的苔藓巢穴而使人心情愉悦。

作为翔食雀先驱的菲比霸鹟，经常选择四月归来，但有时在气候暖和的三月我们也能看到它们的身影。它出现在房舍和库房周围，通常将自己的巢穴建在草棚或桥梁的下面。

翔食雀有时突然从空中俯冲下来，经常发出一种“啪”的声响，那是翔食雀在抓捕昆虫。

和附近其他的鸟相比，无论是在外形上还是色彩上，翔食雀都是最不优雅的。看看它们的短腿、短脖子、大大的脑袋、宽阔的嘴巴，底部还有体毛，实在丑极了。翔食雀飞行时通常以一种特别的方式抖动，在休息时不时地摆动尾巴。

在美国已经发现了十九种翔食雀，在中部和东部地区，夏季不做什么特别的研究，人们很容易能发现其中的五种——极乐鸟、菲比霸鹟、东林霸鹟、大冠翔食雀（与其他雀类最大的不同就是其尾部亮丽的红色），以及小绿冠翔食雀。

鸫类

鸫类是天生的音乐家，或许它们因此就比其他鸟多贡献了一种乐趣。知更鸟就是个最典型的例子。它们的生活习性、飞行方式都与其他种类的鸟别无二致。瞧，它在地面上蹦蹦跳跳，捕捉虫子，十分专注地看着前方的物体或观察他人，警惕地拍打着翅膀，直直地飞向鸟巢，在太阳落山时栖息在树枝上唱起甜美的乐曲。这样你就对鸫的所有特征有了了解。鸫类因为优雅而出众，歌声因为甜美而让人难忘。

除了不是林鸟的知更鸟以外，在纽约我们还有棕林鸫、隐士夜鸫、韦氏鸫或威尔逊鸫、绿背鸫等，还有一两种不确定的种类。

棕林鸫和隐士夜鸫是鸟类中数一数二的歌者，至于谁是第一，至今没有定论。

雀类

雀形目是一个很大的族群，奥杜邦先生的书中共记载了六十多种，有麻雀、蜡嘴雀、紫朱雀，还有鹀类，雪鹀、交嘴雀和红衣主教雀等。

美国的东海岸生活着大概十二种雀类。对于业余爱好者来说，能够分辨出其中一半的种类就已经非常不错了。歌雀是孩子们最熟悉的，至少是雀类中声音出现最早的。三月的清晨，明媚的阳光照耀大地，歌雀悦耳的歌声就会从花园的篱笆上传来，还有什么比这更令人愉悦的呢？

原野春雀，也被称作草雀或栗翅雀，体形比歌雀略大，长着淡灰色的羽毛，生活在我们附近的高地和牧场上，并且声音甜美。它们的巢穴直接暴露在地面上，没有任何的伪装或保护。夕阳西下，当我在野外散步时，我经常差点儿踩到它们。假如是白天，它们会迅速飞走，当鸟儿飞离巢穴的时候，你可以清晰地看到它们尾翼上那两根洁白的羽毛。沿着乡村小路漫游的旅行者干扰着它们，经常会弄脏它们的羽毛，也能看见它们沿着篱笆向前飞行。它们也在有牲畜工作的农田里蹦蹦跳跳，或在不远处的石头上休息。这是一种喜欢在黄昏时歌唱的雀类，因此有人也给它们命名为黄昏雀。这是当代作家威尔逊·弗拉格为它们命名的。

稀树草原雀经常生活在草木丛生的湿地，它那似昆虫般的优美的浅吟低唱就是辨认它最好的标志。沼泽地中有沼泽雀。

秋天来了，狐雀是雀类中个头最大、外形最美丽的鸟，它从北方迁徙归来。仿佛是约定好了，树雀、加拿大雀、白喉雀和白冠雀也陪着回到这里。

群织雀，也叫“毛鸟”或“红头褐翅雀鸦”，是雀类中体形最小的，我也认为它是雀类中唯一将巢建在树上的。

雀类都拥有短短的圆锥形的嘴和分叉的尾翼这一共同特征。紫朱雀在音乐方面极具天赋。

除了我所概述的这些熟知的鸟类，仍然存在着一定数量的鸟是不被我们所了解的，虽然在物种上有限，但其中一些鸟是我们熟悉的。比如，刺歌雀就没有同类。灰猫嘲鸫和长尾地鸫或褐弯嘴嘲鸫是南部东海岸嘲鸫类中两个典型代表。

鹪鹩是庞大而又有趣的家族，以活泼欢快的歌声闻名。莺鹪鹩、长嘴沼泽莺鹪鹩、大卡罗苇鹪鹩、冬鹪鹩都是比较常见的种类，后者的名字源于它在北方繁育。它是一位绝妙的歌者，声音短促并且甜美，好似悦耳的警笛。

威尔逊称戴菊鸟为鹪鹩。但是它们除了同样连续、滔滔不绝且抒情的歌声外，在其他方面都不太像。布鲁尔医生曾在新布伦瑞克森林中被戴菊鸟的歌声迷倒，误认为歌声出自白颊林莺，源自他不相信这么娇小的鸟能发出如此具有力量的声音。那歌声属于冬鹪鹩也是有可能的，但我相信戴菊鸟也是具备这样的歌唱实力的。

奥杜邦先生的鸟类学著作

但我必须离开这部分主题，加速前进。关于鸟类学的研究，我们都知道，奥杜邦先生的著作虽然价格非常昂贵，但确实物有所值。这是鸟类研究史上最详细、最准确的作品。他的绘画在准确性和精神上超越了其他所有人。他对于鸟类研究投入了极大的热情，这在整个科学研究领域是极为罕见的。他描写《雁》的那一章就像诗一样美。人们很容易忽略他的风格——这种风格常常是冗长而做作的，因为他的作品饱含真挚的热情，目的非常单纯。

在识别鸟儿种类方面，尽管有更多善辨的耳朵，但从未有过比奥杜邦先生更敏锐的慧眼。比如，在区分鸟类鸣叫声方面，纳托尔先生更胜一筹。奥杜邦先生在书中记载，路易斯安那州的白眉灶莺和欧洲夜莺歌唱的声音是一样的，而且，正如他所听到过的一样，读者便相信了他的判断。然而，毫无疑问，他高估了前一个，低估了后一个。其实，在歌唱上，欧洲夜莺明显要技高一筹。白眉灶莺的歌声富有动感，节奏很快；而欧洲夜莺的歌声则更加美妙动人，前提是书本的内容可以信任。比如，他又说蓝色大嘴雀的声音和刺歌雀的极为相似，其实却是大相径庭，拿颜色举例，就是一种是黑色，一种是蓝色。此外，他所描述的林鹡鸰歌声是简洁有力的，曲调逐渐变低，实际是曲调逐渐变高，而不是在下降，低音开头，高音结尾，也与实际有很大出入。

虽然奥杜邦先生的著作篇幅巨大，其中的错误却很少，令人非常惊奇。此时此刻，我只能回忆起他的一个观察结果与事实恰恰相反。他的记录中指出一个事实，在记录刺歌雀的时候，他特别标记，这种鸟春季在夜间飞行，向北方迁徙；而秋季向南方迁徙时，它们却从来不在夜间飞行。然而，在华盛顿秋天的夜晚，它们在高空飞行时的鸣叫连续四年都深深吸引了我。

奥杜邦先生花费毕生之精力研究鸟类学，他在著作中记录并绘制了四百多种鸟。假如一只未曾被他的著作收录的鸟在林中被你发现，你必定心生一种巨大的成就感。我只有过两次这样的成就感。有一年的初秋，我前往西点军校附近的森林散步，一只栖息在地面的鸫类被我惊起。它落在离我几米远的树枝上，对我来说是陌生的。这只鸫长着长长的腿，我从来没有看到过。我举起猎枪，将它从枝头击落，看到那是一个新面孔。这只鸫长着宽大的尾翼、长长的腿，从中间脚趾到臀部关节的距离接近十厘米，翅膀上半部分的羽毛是橄榄褐色的，而下半部分的羽毛是灰色的。后来我才知道，贝尔德教授最早记录它并且给它命名为灰颊鸫。这是一种很少有人知道的鸟，只在遥远的北方繁殖，甚至是在北极地区，想欣赏它的演唱，恐怕我要历尽千辛万苦前往遥远的北方才行。

前面我曾经说过，这个季节，我曾在华盛顿郊外的岩溪发现过一对灰颊鸫。它们的体形和棕林鸫相似，稍微大过隐士夜鸫和韦氏鸫。与其他物种不同的是，其他的鸫类都有褐色或黄色的羽毛，但灰颊鸫的羽毛通身都是灰色的。我还曾得到过一只黄眉灶莺或小灶莺的标本，它是橙顶灶莺的表亲，或者是白眉灶莺或水鹡鸰的同母弟兄。这只鸟是我在特拉华河一个偏远山湖的源头击落的，很明显它居住在那里。这种鸟一般生活在更远的北方，它们的鸣唱异常响亮清晰，容易让人想起它的同类们。虽然这种鸟名声很大，却还没有著作记录它们。

最近，在奥杜邦先生之后，作家和探险者们又收录了三百多种新的鸟。这些鸟绝大多数生活在新大陆的北部和西部。奥杜邦先生记录的鸟大多是生活在大西洋和墨西哥湾各州以及附近的岛屿。因此，关于太平洋沿岸西部各州的鸟，奥杜邦先生了解不多，他在著作中仅仅简单概括了一下。

鸟儿之别

令人有些惊奇的是，西部的鸟和东部的鸟非常类似。比如，西部的杂色鸫和东部的知更鸟，在羽毛的斑纹上稍微有些差异。西部的红翅啄木鸟和东部的金翼啄木鸟或高洞鸟，它们的区别就是翅膀的色彩，前者是红色的，而不是金黄色的。还有西部山雀、西部红眼雀、西部冠蓝鸦、西部草地鹨、西部雪鹀、西部蓝鸲、西部歌雀、西部松鸡、鹌鹑、鸡鹰等，它们和东部的鸟几乎没有什么不同。

西部鸟最值一提的就是在达科他平原上常见的云雀了。它们飞向一百米左右的空中，传来的叫声异常清脆悦耳。很明显，它与东部的鸟也有血缘关系。

有人在九月的时候从乡下寄信给我："我最近观察到一只新的鸟。它们不仅栖息在地面上，还住在建筑物与篱笆上，也落在地上。它们是步行者。"几天后，他得到了一只鸟标本并寄与我。结果不出所料，那是美洲鹨或小百灵，一只体态瘦长的褐色鸟，与雀大小相同，在春秋两季飞过美国，出没于遥远北方的繁殖地。它们通常结伴出没于河畔与耕地，在那里觅食。当它们飞起时，会像黄昏雀那样，露出尾翼中两三支白色的羽茎；飞过天空时，每行进十几米，就会发出一声啼鸣或尖叫。它们繁殖于拉布拉多半岛荒凉寒冷、布满苔藓的岩石中。有人报道在佛蒙特州发现过它们的卵，而我自己确信八月在阿迪朗达克山脉见过它们。雄鸟以百灵共有的风格凌空而上，发出短促却旋律优美的鸣啭。它们会走路。这是为数不多的地鸟的一个特点。迄今为止，多数地鸟都是跳跃者。

观察一下普通雪鹀的脚印，它不像短嘴鸦和山鹑的足迹，总是一个脚印在前，另一个脚印在后，而是双脚落地。而雀、鸫、莺、啄木鸟和鹀类鸟儿都是双脚跳着走路。水栖和半水栖的鸟都是步行的鸟，滨鹬或鹬跑起来很快。在地面生活的松鸡、鸽子、鹌鹑、百灵和黑鹂也都是步行者。燕子也能用脚走路，只是姿态笨一些，也难看。百灵的走姿很优美。下次可以关注一下草地鹨在草地的行走姿态，实在是神气极了。

除了会走路之外，百灵以及和它有血缘关系的鸟类，都可以一边飞行，一边歌唱。它们在空中摆动翅膀，自由翱翔，清脆悦耳的歌声自然而然地从喉咙中发出，真是美妙极了。草地鹨也会这样在空中旋转时歌唱，它的声音会由哨声变成洪亮的低鸣，并伴有富有感情的颤音。

刺歌雀兼具上述两种鸟的特点，只是在形式上略微不同。由它还可以想到英国的云雀。作为鸣禽，刺歌雀完全可以和云雀一较高低。

在我们的小林鸟中，在密西西比河以东的区域生活着三种关系紧密的鸟类，我在前面也提到过，它们能行走，也能边飞行边歌唱。这其中有灶莺或水鹡鸰、橙顶灶莺或林鹡鸰，后者是我们经常见到的。它那轻灵的步伐，吸引了许多鸟类爱好者的目光。在空中一边飞行一边歌唱，是百灵的另一个特点，却被许多的鸟类学家所忽视。然而这是一个即时特点，只有在六月的下午或黄昏时分，到它们常出没的林中，待上半小时才可以遇到，我常在日落之后听到橙顶灶莺阵阵美妙的啁啾声，但是不能看清沉醉于歌唱的鸟。我知道一座少有植被的高山，傍晚我坐在山上，在山顶聆听橙顶灶莺动人的歌喉。有时鸟儿在山下边飞行边歌唱，有时就在跟前，但它更喜欢在山顶上方盘旋。它会从林中开阔地起飞，直飞至最高点，而后从另一侧俯冲下来，歌声也会随着下降而消失，这与小百灵从空中俯冲落地的姿势极为相似。

我是几年前第一次发现这种现象的。那时我已经非常熟悉这种鸟的歌声，只是对这位歌手的身份很是好奇。春天的一个傍晚，树叶刚刚发芽，我到林中散步，突然看到我的面前有一只鸟，离我不过十几米，我说道："假如真的是你，那么请你展现一下你的技能吧！我是专门来找你的。"这只鸟立刻张开翅膀，飞离枝头，在空中盘旋、歌唱。我的目光追随着它，看它升到高空，在树林上空盘旋，又急转直下，回到树丛的栖息地。

食物问题

食物问题始终威胁着鸟儿的生命，尤其是在初春时节，大自然中食物短缺，鸟儿体内积聚的脂肪即将耗尽。初春来临时，假如遭遇恶劣的天气，很多鸟的生命就会受到极大的威胁，毫无疑问，很多早来的鸟都会因为饥饿和这种天气而死亡。三月的一天，我遇到一群加拿大雀，它们的数量比之前我见到它们时少了很多，它们已疲惫不堪，我很快就抓到一只。

初春三月，突然阵阵寒流袭来，蓝鸲只能到屋舍附近寻觅安身之处。夜晚降临时，风越来越大，温度越来越低。蓝鸲的内心充满恐惧，它们在城市的边缘四处飞翔，徘徊于门窗附近，有的藏身百叶窗下，有的住在下水沟中，从一座房子飞向另一座，疲惫地寻找着可以安家的场所。街上水泵把手处的小洞，成了很多蓝鸲无法拒绝的目标。可是它们又意识到这不是安全的选择，它们急急忙忙地钻进去，那里能够容纳六只到八只，很快它们又钻了出来，仿佛看见了真正的危险一样。随着时间的流逝，小洞不断地被蓝色和褐色的鸟填满，却又不断被放弃。有时它们停留的时间会长一些，我突然伸出手，立刻从洞中抓住了三只蓝鸲，带它们去温暖的地窖过夜。

进入秋季，所有鸟类和野禽都变得十分肥胖。松鼠和老鼠会将大量的食物储藏在洞穴之中，而鸟儿则在体内储存脂肪，在自身系统里储存粮食。在冬季的留鸟中，这种情况很明显。

冬天，一只赤肩鹰被我击落，在剥皮时，我发现鸟的身体竟然有大约半厘米厚的脂肪层，一点儿肌肉都看不见。这层脂肪不仅可以帮助鸟儿抵挡寒风，也可以在缺少食物时补充鸟儿身体的消耗。

这个季节的短嘴鸦也处于同样的状况。据估计，它们每天需要半磅的肉才能生存，春冬季节它们连续数周或数月只能靠原来食肉量的几分之一来维生。我相信，一只短嘴鸦或鹰，在秋季的恶劣状态下，一口肉都不吃也可以活上两周。家禽也会如此。一月的一天，我无意中将一只母鸡关在库房里，那里没有一颗粮食，也没有为它提供任何御寒的东西。十八天之后，当这只倒霉的鸡被发现时，它依然活着，只是极为瘦弱，轻得只剩一团毛，一阵风都能将它吹走。后来经过一段时间的精心饲养，它很快便恢复了原状。

鸟儿是否惧人

蓝鸲因为寒冷而变得胆大起来，让人想起鸟儿对人恐惧这个事实，看起来这似乎是它的本能，其实这只是后天形成的习惯。在最初的原始社会，鸟儿一定不会惧怕人类。每个猎人都有这样的发现，当自己连续几天用猎枪击落鸽子后，鸽子就会变得十分狂躁。但当猎人去那些新的森林捕猎时就非常开心，因为可以轻松地接近猎物。

凡尔德教授曾经告诉我一件事，他的一位通信者曾经前往一个小岛探险并采集标本。这座小岛位于太平洋圣卢卡斯角，远离岸边三百多千米。这座小岛只有几平方千米大，人类只造访过这里五六次。在这座小岛上，探险者发现鸟儿非常温顺，根本不害怕人类，用子弹来射杀简直是浪费。用绳子在长棍的顶端打个活结，然后用力一甩，就可以轻松地将鸟儿的脖子套住，向他那侧一拉便能将鸟儿抓住。有时捕鸟连这样的脑筋都不用费。尤其是嘲鸫，比我们的那个物种体形要大，歌声也十分优美。它们不仅不害怕人类，反而活泼得让人讨厌。它们在桌子上舞蹈，将探险者桌上的纸笔踢得到处都是。这位探险者在岛上收获了十八种标本，其中有十二种是这座岛上独有的。

梭罗先生在书中记载，缅因森林的加拿大鸦不仅不惧怕人类，有时还会跑到伐木工人的餐桌上，直接抢夺人类的食物。

虽然人类已经成为鸟儿的天敌，但是人类文明的进程也促进了鸟类的繁衍和成长，尤其是弱小的物种。人类的定居带来了苍蝇和飞蛾，以及各种昆虫，更多的植物被引进，更多土地的开垦使种子和植物在大地上大面积生长。

由北方飞来的百灵和雪鸥依靠草种和植物为生。而生活在田野中的鸟数量巨大，有许多我们常见的鸟已经对森林陌生了。

很多鸟在欧洲已经被人类驯服，如麻雀。在美国，如崖燕，现在已经不在山坡的岩壁上筑巢，而是选择将巢穴安置在人类农舍的屋檐下和库房的其他建筑上。

等待被发现

生活在地面和森林里的鸟儿中的大多数已为人们所知，但是还有许多鸟生活在大海上，等待着我们去发现。虽然我已经熟读了很多鸟类学的著作，但是最近发生的一件事让我深刻体会到自己对水禽所知甚少。有一天，我正在纽约州的内陆度假，一个陌生人手中拿着一个雪茄烟盒朝坐在门口的我走来。他若向我推销雪茄可真是浪费时间，因为我从不抽烟。可他却笑着说，他听说我研究鸟，他在村庄附近捡到一只奇怪的鸟，没有人认识它，他就特意拿来请我给辨认一下。这只鸟是他几小时前在村庄外的草地上捡到的。

我请他打开盒子，期待着看到一种罕见的鸟，心想，这只鸟说不定是我们这里很少见到的玫胸大嘴雀或波西米亚雀。

当他打开时，可以想象出我是多么惊喜，它看上去像燕子，个头和鸽子差不多，尾翼分叉，上半身的羽毛是黑的，腹部的羽毛却是雪白的。凭借它的脚上有蹼和修长的翅膀，我推断它是海鸟。但对于它的名字和栖息地，我只有去查查权威的鸟类学资料，像奥杜邦先生的著作，才能知道。

它是因为精力耗尽而跌落在草地上的，被捡起来时刚刚咽气。它生活的地方，离我们这里非常遥远，将近两百五十千米。后来我得知这是一种生活在佛罗里达群岛的海鸟，它的名字叫作乌燕鸥。它能出现在如此靠北的地方实在令人惊奇。在剥去它的皮肤时，我发现它瘦得只剩下骨头了。毫无疑问，它是饿死的，过度飞行耗尽了能量，这是另一只勇敢的伊卡洛斯[1]，超强的飞行能力让它胆子特别大，它高估了自己的能力，因此饿死途中，没能返回自己的家乡。

乌海鸥常常被人误认为海燕，因为它们外形相似，并且都拥有出众的飞行能力。乌燕鸥能够从海面捕捉食物，所以，它们一整天在海面飞行，无休无止。有好几种海燕，其中一些外形也很美丽。

1　希腊神话中的人物，他与父亲使用蜡和羽毛造的翼逃离克里特岛时，他因飞得太高，双翼上的蜡被太阳融化而跌落水中丧生。